クロムクロ　小説

秒速29万kmの亡霊〈上巻〉

原作　Snow Grouse
著　檜垣亮
表紙　（原画）石井百合子
（色指定・彩色）水田信子
（特効）加藤千恵／T2studio
挿絵　石井百合子

◎主な登場人物

白羽由希奈……………航宙艦〈くろべ〉の科学者兼パイロット。
かつて青馬剣之介と共にクロムクロでエフィドルグと戦った。

ソフィ・ノエル…………航宙艦〈くろべ〉の科学者兼パイロット。
在学中からガウスのパイロットをしている。由希奈とは同級生。

茂住敏幸……………航宙艦〈くろべ〉のパイロット。自称、セバスチャン。
ソフィの執事として長く仕えている元自衛隊士官。

ジュール・ハウゼン……航宙艦〈くろべ〉の科学者。少々マッドな気質のある科学者。
由希奈の同級生であった茅原純大の父親。

リディ………………航宙艦〈くろべ〉のサポートロボット。
元はエフィドルグのカクタスというロボット。

上泉修………………航宙艦〈くろべ〉の艦長。元海上自衛隊の護衛艦艦長。

レティシア・ゴンザレス……航宙艦〈くろべ〉の科学者。外惑星生命体の研究者。愛称はレティ。

マーキス……………航宙艦〈くろべ〉の宙兵隊隊長。元アメリカ海兵隊の老戦士。

マナ…………………グロングル・マナタのマンマシーンインターフェイスAI。
由希奈によって育てられた。

青馬剣之介時貞………戦国時代から蘇った侍。
由希奈と共にクロムクロでエフィドルグと戦った。

ムエッタ……………エフィドルグによって作り出されたクローン。
オリジナルは戦国時代の剣之介の主であった雪姫。

ゼル…………………エフィドルグに敗北した星の生き残り。
地球をエフィドルグから守るため、戦国時代から生き続けていた。

ユ・ゾゾン…………フラヴト宇宙軍艦隊司令官であり、ユ士族の戦士団団長。

ユ・エヌヌ…………フラヴトのユ士族族長。

西暦（客観時間）	本編でのできごと	航宙艦〈くろべ〉（主観時間）	射手座26星系
1562年ごろ	エフィドルグ来襲（第一次先遣隊）クロムクロ、大破		
1790年ごろ	エフィドルグ第二次先遣隊、射手座*x1*を出発		
2016年	エフィドルグ来襲（第二次先遣隊）剣之介、目覚める		
2021年9月	由希奈、〈くろべ〉に乗艦	航宙艦〈くろべ〉、出航	
2180年ごろ			エフィドルグに攻撃される救難信号、発信
2205年		480日目 射手座26星系からの救難信号を受信	
2209年		485日目 射手座26星系に向け、減速開始	
2230年		695日目 射手座26星系に到着	エフィドルグに攻撃を受ける

第一話　『見果てぬ夢』

わたしは寝ぼけ眼をこすりながら、洗面台の鏡を見て自らの姿を確認した。

寝ぐせで爆発した頭はシャワーで洗って整えた。メイクはまだしてはいないが、顔色は悪くない。

鏡の中の自分に向かって、あっかんべをしてみる。

昨日までは色が薄く貧血気味だった下まぶたも赤みが増していた。

「よし」

と言って、顔をパンと両手で叩いた。

少し痛かった。風邪が抜けきっていないのか、お肌はまだピリピリする。

二十歳からお肌の曲がり角がやってくると脅されてはいるけども、まだまだ若いもんには負けんと気合いを入れる。

ふと自分の年齢を思い出した。まだ二十三歳、されど二十三歳。

高校二年の初夏、あのエフィドルグがやってきて、六年が経ったのだ。まさに激動の六年間だった。振り返ってみれば、長いようであっという間だった。小学校の六年間はすごく長かったという記憶があるけど、それと比べると音速と光速ぐらいの差を感じる。

エフィドルグがやってきた年は無我夢中だった。というより、自分でも何が起こっていたのか、正確には理解していなかった。アーティファクトのキューブから全裸のお侍さんが出てきて、無理やりクロムクロに乗せられてエフィドルグと戦い、自分のそっくりさんに懐かれたと思ったらエフィドルグの船が降りてきて、黒部の研究所が滅茶苦茶になったけどなんとか勝った。

大雑把に思い出しただけでも、どうかしていると思った。よくもまあ生きていたものだ。

それでもわたしは生きているし、全裸のお侍さんも生きている。家族もみんな生きている。

わたし——白羽由希奈と呼ばれていた女——はみんなと共に暮らしている。全裸のお侍さんであるところの、青馬剣之介時貞はわたしの夫となり、昔と同じように一緒に暮らしている。

結婚するときに剣之介とひと悶着あったような気もするけど、あまりはっきりとは覚えていない。たぶん、今にして思えば大したことではなかったという程度のものだろう。うん。

とにかく、剣之介はわたしの家である聖王院万力本願寺に住んでいる。

剣之介にしてもクロムクロと共に目覚めてからは、この家で暮らしてきたのだから愛着があるだろうし、お寺という現代から見ると古風な佇《たたず》まいも安心できる場所なのだろう。

「ユキ姉、大丈夫～？」

台所から妹の小春の声が聞こえてきた。

台所に入ると、いそいそと小春が自分の弁当をカラフルなランチクロスに包んでいた。

わたしが風邪をひいて寝込んでしまったから、代わりに家事全般を引き受けてくれていたのだ。自分だって忙しい身であるはずなのに、小言の一つも漏らさず黙々とこなしてくれた。本当に良くできた妹だ。

「ありがとう、小春」

わたしがそう言うと、小春は不思議な言葉でも聞いたかのように小首を傾げた。

「それを言うなら、いつもありがとうユキ姉、だよ」

と言って、はにかんだ笑みを浮かべた。

あの頃小学生だった小春も今では立派な女子高生だ。

そういえば、小春が最近男子に告白されたと言っていたけど、どうなったのだろう。

「ねえ、小春。この前告白されたって言ってたけど、返事したの？」

小春はくすっと笑って、

「ああ、あれね。男の子のほうが逃げちゃった」

「は……？　逃げたって、どういうこと？」

小春はニヤっと笑って、おもいっきり作った可愛い顔をした。

「兄さんが認めてくれたら……って言ったの」

わたしは嫌な予感に眉根を寄せた。

「まさか、剣之介に引き合わせたの？」

「うん」

この娘は……と我が妹ながら呆れた。

『白羽由希奈の妹である』という重大事項を失念していた、そそっかしい男子を剣之介に引き合わせるという無体なことをやったのだ。

　当然のように、義理ではあるが可愛い妹に言い寄ってきた小童に剣之介がいい顔などするはずもない。

「剣之介、その子に酷いことしなかったよね？」

「何もしてないよー」

　と小春は白々しい返事。

「何も、ってことはないでしょ？」

　そう言うと、小春は思い出し笑いなのだろう、ムフフと笑ってドスの利いた低い声を出した。

「俺から一本取ることができれば、少しは認めてやろう……って言って木刀渡しただけだよー」

　さすがに呆れはてた。酷いというか、惨い。

「……世界を救ったアーティファクトのパイロット、しかも元侍に木刀で挑めって、酷すぎない？」

「そうかなあ？　最初はすごいやる気だったよ」

「それで、その子どうしたの？」

　わざとらしく小春は肩をすくめた。

「ゴメンナサイ、ゴメンナサイって言いながら逃げてった」

　わたしは盛大に溜息をついて、

「……小春、そんなことやってると、男の子が寄ってこなくなっちゃうよ」

小春は事もなげに頷いて、

「うん。それが狙いだし。今は男子とか邪魔なだけなんだよね」

不安を抱かずにはいられなかった。

小春もやはり、白羽洋海の娘なのだ。そうとうに頭の回転が速い。しかも質が悪いことに、一般常識を弁《わきま》えた上で賢い。良くできた妹だけど、行き遅れやしないかお姉さんはちょっぴり心配だ。

不意にくしゃみが出た。

小春が心配そうにわたしの目を覗き込んで、「大丈夫？」と訊いた。

「うん、大丈夫。もう熱もないしね」

小春は笑みを浮かべて頷いた。

「たまには風邪ひいたほうがいいかもね？　うちの家事全部やって、剣之介のお店の手伝いしながら子育てでしょう。体がもたないよ」

「そうかなあ……？　そうかもねえ。だから風邪ひいちゃったのかも」

小春は苦笑いを浮かべて、弁当を鞄に詰め込みながら生意気なことを言った。

「もう若くないいんだから、少しはうら若き妹を頼ってもいいんだよー？」

「失礼な！　こんなに若くてピチピチした姉を捕まえて何を言うか」

わたしが手を腰にあててぷりぷり怒ると、小春はころころと笑った。わたしもつられて笑うと、小春がふと何かを思い出したようだった。

「そういえば、剣之介がまた連れてっちゃったよ。仕入れの手伝いさせるって」

「……またあ？」

わたしは呆れて肩を落とした。小春も苦笑いだ。

「うん。でも、あの子も剣之介と一緒にお出かけするの好きみたいだし。ユキ姉を少しでも休ませてあげようって、剣之介なりの気遣いもあるんじゃないかな」

小春の言わんとすることも分かる。だからといって、完全に同意もできない。

わたしと剣之介の間にできた子供はまだまだ小さい。にもかかわらず、剣之介は何かにつけて連れまわす。今日も市場の仕入れで手伝いをさせると言って、連れていったのだ。幼児に何を手伝わせるつもりなのだと問い詰めてもいいところだけど、それは剣之介の照れ隠しなのだろう。ただ単純に可愛くてしかたがない我が子と一緒にいたい。でも、剣之介の持つ古い――おそろしく古い――価値観がそれをよしとしないのだ。いい加減、現代社会に染まってもいい頃合いだろうとは思うのだけど、それはそれで剣之介らしくないとも言える。

などと、どうでもいいことをムウムウ考えていると、

「んじゃ、行ってくるねー！」

と言って、小春が短いスカートをひらりとさせて玄関から出ていった。

一人取り残されたわたしは、しばしぼんやりとしていた。

不意に手に持った携帯端末が震えた。

メッセンジャーアプリが、メッセージを受信していた。

『あの子つれて会社に遊びにきなさい。いつでも大歓迎よ！』

母の洋海からだった。

母は黒部研究所をクビになった後、ゼルさんとベンチャー企業を興してブイブイいわせてるみたいだった。たまに孫の顔を見に帰ってくるも、翌朝にはもういなくなっている。

母の魂胆は分かり切っている。仕事の手を止めたくはないけれど、孫には会いたい。だから、お前が会社に連れてこいということだ。

そんな見え透いた手に、親子二代にわたって乗ってたまるか。

あの子が生まれて、ようやく昔のわたしは母の口車にうまく乗せられていたのだと理解した。おかげで黒部ダム大好き娘に育ってしまったではないか。せめて、子供には同じ轍は踏ませたくない。それがせめてもの、わたしの復讐だ……というのは大袈裟か。

住職である叔父さんは、毎日の日課である朝のお勤めで寺に籠っている。まだ木魚の音が聞こえてこないから、いつものようにダラダラしているのだろう。

わたしは溜息をついて台所の椅子に座った。

テーブルの上には朝食が用意されており、小さな付箋が添えられていた。

『お昼は冷蔵庫にカレーがあるから食べてね。今日はバターチキンだって』

小さく笑みを浮かべ、ちらりと冷蔵庫に目を向けた。

場違いに巨大な冷蔵庫が鎮座していた。

いつ買ったか忘れてしまったけども、剣之介が仕事に必要だと言って買ったものだ。中身の半分はカレーで埋まっている。

エフィドルグとの戦いが終わった後、剣之介はインドに修行に行った。もちろん、カレーの修行だ。その修行にどれほどの効果があったかは謎だけど、日本に帰ってきて早々に「俺はカレー屋をやるぞ、由希奈！」と宣言した。

そうして気がつけば、立山の街にカレー屋を開いていた。屋号は『カレー屋　剣』だ。

世界を救ったアーティファクトのパイロット二人が経営するカレー屋。

これだけ聞くと、何のこっちゃであろう。世界とアーティファクトとカレー屋がまったく結びつかない。なので、最初は色モノ扱いだったけど、カレーが美味しいと評判になり、昼時は長蛇の列ができるようになった。

ぼんやりと小春の残した付箋を眺めていると、居間から電話の呼び出し音が聞こえてきた。

「……誰だろ。剣之介かな？」

こんな午前中の早くから電話をかけてくる人はあまりいない。そもそも、携帯端末が一人一台のご時世だ。あの剣之介ですら持っている。家電が鳴ることそのものが珍しい。

何かあったのかもしれない。

パタパタとスリッパを鳴らして居間にある電話の受話器を取り上げると、耳に当てる前から元気な声が聞こえてきた。

「白羽さんのお宅でしょうか！」

この声には聞き覚えがある。

「自分、赤城というものですが、由希奈さんはご在宅でしょうか？」

やはり赤城だった。久しぶりではあるけど、毎度のことでもある。年に数回、休暇をもらっては故郷に帰ってくる。自衛隊という組織に鍛えられたおかげだろうか、心なしか言葉遣いがちゃんとしてきたような気がする。

溜息交じりに返答をした。

「はいはい、由希奈さんはいますよ。でも、白羽さんちの由希奈さんはいませんよー」

「白羽か⁉」

「違います。青馬です。いい加減、覚えてよね」

受話器の向こうから、赤城の「ぐぬぬ」と言う息遣いが聞こえてきた。

負けず嫌いなのは相変わらずだ。

「俺にとっては、お前は白羽なんだよ。この先もずっと！」

「はいはい、それでご用件は？」

なんのことはない、いつもの呼び出しだった。

赤城は帰ってきては、かつての級友を誘って飲み明かすのだ。それも特定の男子だけで。言うまでもなく、茅原とカルロス、そして剣之介だ。

茅原はあまり日本にいないらしい。アマチュア動画投稿者から、プロ動画投稿者にジョブチェンジして世界を股にかけているとかなんとか。カルロスは半分暇人らしい。映画を撮ると息巻いて東京に出たらしいけど、どんな仕事についているのかは知らない。

赤城は剣之介に、いつもの店に何時に集合だ、と伝えてくれと言ってきた。でも、わたしは自分で伝えろと返した。

すると赤城はもごもごと何かを口の中で言っただけで、やはり自分で伝えるとは言わなかった。

「……頼むよ。同級生のよしみでさ」

わたしは「分かった分かった」と適当に了解の旨を伝えて電話を切ろうとした。

「それでよ……元気にしてたか？」

と、赤城がボソボソと言った。

わたしは正直に近況を報告した。

「ううん。風邪ひいて寝込んでた」

「なに！　青馬の奴が無茶させたせいだな！　ちゃんと俺が言っといてやるからな」

「剣之介は悪くないよ。たまたまだし」

「そうか……」

赤城はまたもごもごと何か言いたそうにしていたが、わたしは話題を変えることにした。

「そういやさ、ムエッタと会ってる？」

意表を突かれたのだろう、赤城が頓狂な声をあげた。

「は……？　どうやって会うんだよ？　あいつ、今人気者だろ？」

「それはそうだけど……なんていうか、ちょっとは同級生だったたし、赤城くんは命の恩人なんだし。元気か？　ぐらい聞いてもいいでしょ」

「それはそうかもしれんが……」

「そういえば、このまえテレビに出てたような気がするなあ……何だっけ？」

「B級グルメを斬る！　っていう食べ歩き番組だろ」

「ああ、そうそう」

そうだった、思い出した。

ムエッタはエフィドルグとの戦いが終わった後、芸能界デビューを果たしたのだった。当初こそ、「エフィドルグの人殺し」という声があったものの、そもそもがムエッタ自身もエフィドルグに洗脳されていたという事実が知れ渡るにつれ、その声は聞こえなくなった。

「ていうか、赤城くんも見てるんだ」

しどろもどろになりながらも赤城は答えた。

「お、おう……一応、知り合いだしな……なんで芸能界デビューしたのか分かんねえけど、やっぱいいよな、あいつ。何食っても驚くのが面白くてさ」

そういえば、そんな番組だった。

食の経験が少ないが故の素直な驚きと、何かにつけて刀を抜きたがるというギャップが人気の所以《ゆえん》なのだろう。

「そういや、元エフィドルグでもう一人いたよな」

「えっと……ヨルバさんだね」

ブルーバードに乗っていた纏《まと》い手《て》の一人だ。黒部研究所を奪還する戦いで、クロムクロに撃墜されて捕虜になった人だ。直接会ったことはないけど、ムエッタからその名を聞かされた。

そんな彼もムエッタの人気を後追いするかたちで芸能界に引っ張り出されていたのだ。

こちらは主にお昼のバラエティ番組に出演し、奥様方から人気を博していた。あの男前フェイスと「死んだら可愛がってやるよ」という奇天烈な殺し文句が、昼時に暇を持て余しているマダムの心を鷲掴みにしたのだろう。最近は登場する頻度も増えて、本数で言えばムエッタを凌《しの》ぐまでになっていた。今は「ここが変だよ、地球人！」という妙なタイトルのコーナーでさらなる人気を獲得しているらしい。そんなあなたが変だよ、とわたしは言いたい。

「元エフィドルグつっても、同じ人間だしな。変に迫害されなくてよかったぜ」

赤城は本心でそう思っているのだろう。言動はいい加減だけど、根は優しい男なのだ。気を利かせたつもりで赤城に言ってやった。

「電話ぐらいしてみればいいじゃん。電話番号は知ってるでしょ？」

赤城は一瞬驚き、歯切れ悪く答えた。

「え……⁉　まあ……いちおう……そっか、荻布だな」

赤城はわたしとムエッタの間にいる人間が誰か理解したようだった。

ムエッタと美夏はよく会っている。そしてこれまた当然のように、美夏はわたしに電話をしてくるし、何かにつけて帰ってきては剣之介の店でカレーを食べて東京に舞い戻っている。

「そだよ。ムエッタを芸能界に引き込んだのは、美夏だしね」

赤城がどこか懐かしむ感じで溜息を洩らした。

「あいつらしいよな。あの見た目とトークだもんな。あっという間だったよな。今はプロデューサーだっけ？　スゲーよな」

かつて美夏が漏らした言葉を思い出して、笑みがこぼれた。

「楽してお金をいっぱい貰える職業がいいって言ってたのに、ちっとも楽じゃない道に進んでるよねえ」

「だなあ……」

お互い過去に思いを飛ばしていたのだろう、しばし無言の間があった。

「ま、まあ、元気そうで安心したよ。青馬によろしくな」

これ以上過去を掘ると、何か都合の悪いことでも思い出してしまいそうだとでも感じたのか、赤城はそそくさと電話を切った。

ふいに静寂が訪れた居間で、自然と笑いが漏れる。

剣之介に赤城のお誘いを伝えよう。あれで剣之介も嫌ではないのだ。男だけで酒を飲むというのは、いい気晴らしになるのだろう。

たいがいは、赤城の愚痴らしいけども、茅原の常識の遥か斜め上方をいく体験談は本当に面白いと笑いながら語ってくれる。

時計を見ると、随分と時間が経っていた。

そういえば、剣之介が戻ってこない。今日はそのまま店に出るのだろうか。そうならそうと電話の一本でもくれたらいいのに。わたしからかけてみようかな。

そう思ったときだった。玄関の引き戸が開く音が聞こえた。

「あ、おかえり～」

そう言いながら玄関に出て、目を見張った。

見たこともない装束に身を包んだ剣之介が立っていたのだ。子供の姿も見えない。

「……剣之介、どうしたの？　あれ、あの子はどこ……？」

あの子――そういえば、名前が思い出せない。顔すら思い出せない。

何かがおかしい。わたしはどうしてしまったのだろう。

剣之介が口を開いた。

なのに、声が聞こえない。

剣之介が何かを言っている。口は動いているのに、何も聞こえない。優し気な目には慈しむ光がある。わたしに何かを伝えようとしているのに……。

わたしの耳がおかしくなったのだろうか。

剣之介、聞こえない。あなたの声が聞こえない。何て言っているの。お願い、声を聞かせて。

わたしに向かって口を開く剣之介から、ソフィの声が聞こえてきた。

○

「……ていう、夢を見た！」

炬燵《こたつ》の天板を挟んで目の前に座るソフィが呆れた顔を由希奈に向ける。

「由希奈、後悔しているんですか……？」

と、溜息交じりに呟いた。

「そんなんじゃないと思うよ？　ただ、ありえたかもしれない未来って感じ？」

ソフィは細い顎を微かに傾げて一瞬だけ考え、やはり呆れたように溜息をついた。

「ありえません。仮にあのまま剣之介が地球に残ったとしても、あなたの語る未来は訪れなかったと思いますよ」

「そうかなあ……？」

ソフィは苦笑いを浮かべて、

「それにしても、そんな設定をよく思いつきましたね。全部夢で見たのですか？」

「そういう訳じゃないんだけど……見た夢を自分で理解できるように整理したらそうなった」

「相変わらず、妙なところで才能を発揮しますね」

と言って、ソフィはころころと笑った。

「なんか引っかかる言い方だなあ」

鼻を鳴らして寝転がる。

投げ出した手が畳の表面に触れ、少し冷たかった。吐く息が白くなるほどではないが、やはり今日も寒い。

わたしは寝転がったまま、両手を炬燵の中に入れた。

「寒いよね〜」

ソフィは小さく頷いて、炬燵の天板に顎を乗せた。

「仕方ありません。船が広すぎるのですから。でも、そのおかげで炬燵の有難味が増すというものです」

わたしは、えへへと笑って両手を炬燵の中ですり合わせる。

「だねえ。にしても、ソフィってば炬燵好きだよねえ」

ソフィは炬燵の天板に頬ずりをして、愛おしげに呟いた。

「……炬燵、それは悪魔の機械です」

「ソフィも持ってくればよかったのに」

「いいえ。堕落します。だからこそ、あえて持ってこなかったのです」

「でも、いっつもわたしのとこいるし」

「ご迷惑でしたか……？」

炬燵に入れないことに恐怖したのか、わたしに気を使って言ったのか。たぶん、半々だろう。

「迷惑とかじゃないけど」と言って笑うと、ソフィも安心したかのように笑みを返す。

「じゃあ、いいじゃないですか」

「いいけど……やっぱ、何で持ってこなかったん？」

ソフィは身震いして、

「ダメです。自室に炬燵があると、そこから二度と出てきません。特にこの船は寒いので炬燵の魔力が倍増しています。その魔力に打ち勝てる自信がありません」

「そんな大げさな……」

ソフィは力強く首を横に振った。

「あなたは生まれたときから炬燵に慣れているから、距離感の取り方を弁えているのです。ですが私は……」

と言って、ソフィはうっとりとした表情を浮かべた。

「炬燵との距離感なんて、初めて聞いたよわたしは」

わたしはそう言って笑い、目をつむって耳を澄ませた。

静かだ。気温の低さとも相まって、雪の積もった日の朝のようだ。

でも、ここは生まれ育った家じゃない。宇宙船の中なのだ。

——航宙艦〈くろべ〉。

人類の技術の粋を集めて建造された宇宙船——というのは半分以上嘘で、エフィドルグの技術をおっかなびっくり寄せ集めて作った、というか作り替えた船だ。

元は黒部研究所に降りてきたエフィドルグの——ゲゾンレコ隊の船だ。

ゼルやムエッタの話によれば、エフィドルグはこのクラスの船を二千隻は持っているらしい。とはいっても、銀河中に散らばっており、集中運用されているのは矯正艦隊とよばれる主力艦隊のみで、その数は一千隻だ。

途方もない生産力だと思えるけど、実態は支配した星を文字通りすり潰すことで獲得したものだ。人命や公害、自然破壊などあらゆることを無視して、ただひたすら侵略のための船を造らされる。そして、人や星が滅べばただ捨てられる。奴隷よりも酷い。

地球がそうならなかったのは、ひとえにゼルさんのおかげだ。剣之介だけでは勝てなかっただろう。四五〇年もの長い時間をたった一人異星で生き延び、エフィドルグの脅威を伝えてきたのだ。地球人であるわたしには、その心中に理解が及ばない。もしかしたら、宇宙に出ることが当たり前な長寿の人たちから見れば、地球人はなんとも気が短い種族に見えるのかもしれない。

そう考えれば、エフィドルグが重力加速船で片道二〇〇〇年の旅を当たり前のようにするのも分かる。地球の地表で暮らしている人と、宇宙の深淵を超えてくる人とでは、そもそもの時間に対する考え方が違うのだろう。

ただ、そうだとしても、やはりゼルさんの誇り高い生き方は真似できそうもない。

なにせわたしは、二五〇光年先で待っている剣之介に会うためだけに宇宙に飛び出すほどのエゴの塊、はねっかえりだ。

意図せず、「ぐふふ」という笑いが漏れ出した。

そうとも、わたしははねっかえりだ。剣之介に言われるまでもなく、相当にはねっかえりだったのだ。

怪訝な表情をしたソフィが、わたしの目を覗き込む。

「……また夢でも見ていたのですか？」

「夢じゃないけど、似たようなものかな。思い出し笑い」

と言って、わたしは再び「ぐふふ」と笑った。

「わたしさ、剣之介にはねっかえりって言われてたんだ」

ソフィは微笑を浮かべた。

そんなソフィの笑顔に見とれてしまう。昔は「そうとう可愛い」だったけども、今は「とても美しい」に進化している。

「ええ、言われていましたね。当時の私には剣之介の照れ隠しに見えていたのですが、そうではなかったようですね」

ソフィの意外な言葉に、目を丸くする。

「あれ？　わたしって、はねっかえり？」

「ええ、随分なはねっかえり娘だと思いますよ。この船が亜光速で宇宙を進んでいる原動力ですから」

わたしはわたわたとしながらソフィに訊いた。

「わー、ばれてるー……ていうか、みんなそんな認識なの？」

ソフィは微笑みながら頷いたけど、何かを思い出したようで、苦笑いに変わった。

「ええ、もちろん……一人だけ他者の心情を認識しない人がいますが、あの人は特別でしょう」

頷くしかなかった。あの人はまあ、そうだろう。

「……ああ、うん」

みんなに自分の秘密がばれていたようで、どこか気恥ずかしい。とはいえ、この船が宇宙に漕ぎ出すきっかけを作ったのは間違いなくわたしなのだ。なのだが、それを世界に配信したのは茅原だ。茅原の配信がなければ、この船が造られることはなかったというのは認めるしかない。にしたって、自分の痴話喧嘩を後になって見せられる恥ずかしさったらない。穴を掘ってでも入りたい気分だった。

ぐにゃぐにゃと表情を変えるわたしを見ていたソフィが吹き出しそうになって、慌てて横を向いた。

そのとき、不意にわたしとソフィの携帯端末が同じタイミングで震えた。一秒後には、廊下からアナウンスの声が聞こえてきた。

『科学課の全員、並びに各セクションの責任者は至急ＣＩＣに集合してください』

その声にソフィはハッとした。

「……初めてですね、こんな呼び出し」

わたしは頷きながら、炬燵から這《は》い出した。

航宙艦〈くろべ〉が太陽系を離れて、船内時間で四八〇日目のことだった。

船はバカみたいに大きいのに、ＣＩＣ――戦闘指揮所というらしい――はびっくりするぐらい狭い。壁じゅうに何が映ってるのかさっぱり分からないグラフや図形が映ったモニターが埋め込まれ、机や椅子がみっしりと詰め込まれていた。

由希奈はＣＩＣに入って早々顔をしかめていた。

なんか臭い。すっぱい臭いがする。

狭いＣＩＣには、科学者たちと、艦長を始めとした船を運航するクルーの各部門の責任者、搭載されているガウス隊の隊長は――ソフィだった――と、副隊長である茂住さん。それと、海兵隊ならぬ宙兵隊の指揮官と副官。

元々がもやしっ子属性の科学者たちは、屈強な船乗りと宙兵隊員にぎうぎう押されて壁際に追いやられている。

ＣＩＣが狭い理由は、損傷を受けた際に無駄に広いと空気が漏れやすいとかなんとか。あと、敵に乗り込まれた際に最後の砦となるよう、頑丈な装甲で覆われているため、やはり狭いほうが有利だと艦長が語っていた。

ちなみに、航宙艦〈くろべ〉の艦長は上泉修《かみいずみおさむ》さんという海上自衛隊で本当に艦長をやっていた人だ。七十歳は過ぎていると思われる風貌と、真っ白な頭髪はお爺ちゃんと言っても過言ではない。いつだったか、艦長とソフィが並んで歩いているところを見た宙兵隊員が「爺の散歩に付き合う孫娘だ」と評したが、誰も異を唱えなかった。その後、その言葉を漏れ聞いた艦長は笑いながら「いいだろう？　俺の孫娘は銀河一だ」とのたまったという。船乗りだけに、ウィットに富んだお爺ちゃんだ。

そんなお爺ちゃんがどうしてこの船の指揮をとることになったのかは知らない。訊きたくないし、訊くまでもない。この船に乗っているほぼ全員が、家族や大事な人をエフィドルグのせいで失っているからだ。比較的被害が少なかったとされる日本ですら大勢の人が亡くなっている。科学者枠ではない船のクルー、パイロット、宙兵隊員は特にそうだ。

全員が無理やりＣＩＣに入ったことを確認した艦長は、傍らの白衣の男に頷いた。

「揃ったようですな」

屈強な男たちが眼前に迫る状況に、白衣の男――ドクター・ハウゼンは小さく肩をすくめた。トレードマークであるダブルの白衣をぴっちりと着込んだ姿は、黒部研究所以来の出で立ちだ。

この船が出航するまで知らなかったけど、生化学や解剖学の権威として世界的に有名な人らしい。何かにつけて剣之介を解剖したがっていたのも頷ける。少々マッドな気質があるものの、医師としても優秀だ。

そんな彼がどうしてこの船に乗ることになったのか。その理由はわたしにはよく理解できなかった。曰く、「五〇〇年の時を経て、私の系譜がどのようになったのかを自らの手で調べることができるのですよ？　実に楽しみです。人の身でありながら、時を超えた調査ができるのです！」

やはりよく分からない。そもそも、五〇〇年後に帰る予定を立てているのがもうおかしい。ひたすらポジティブなのは、黒部研究所の頃から少しも変わっていない。面白そうな対象を見つければ、前のめりに取り組む。周りのことなどお構いなしだ。こういう気質って遺伝するものなのだろうか。ふと、同級生だった茅原の顔が思い出された。

そんなハウゼンが艦長に怪訝な顔を向けた。

「もう少し広い部屋でやったほうが良いのではありませんか？」

そう言われた艦長は表情一つ変えず、軽く首を横に振った。

「ここほどセキュリティの万全な部屋はない」

有無を言わせぬ口調だ。

その表情も姿勢も巌《いわお》のように頑《かたく》なで、なるほど軍艦の艦長を長くやっていただけのことはあるのだな、と妙に納得した。

艦長の言葉と姿勢に観念したのか、ハウゼンが語り始めた。

「えー……ついさきほど、救難信号らしきものをキャッチしました」

どよめきがあがった。とはいえ、声を出したのは科学者たちだけで、元々が軍人である船のクルーや宙兵隊員は表情を険しくしただけだった。

どよめきから質問に変化した声を軽く手を上げて遮ったハウゼンが、

「内容は、エフィドルグからの襲撃を受けている、救援を求む——と言うものでした。信号は単純なFM変調された電波であり暗号化すらされておらず、言語はかつて地球で受信したエフィドルグ反抗勢力の発信したものと同一でしたので解析は容易でした。リディさんが出した結論も同じものでした」

と言って、傍らに立つリディくんを見た。

リディくんはいつものようにピポピポ言って、同意しているようだった。

みんなからはリディくんと呼ばれてはいるが、人間ではない。もともとはエフィドルグのカクタスというロボットだった。最初に地球にやってきたエフィドルグ先遣隊の船に乗っていたものをゼルさんが修復して、お供として使っていた機体だ。

そんなリディくんもモデルチェンジをして、かつての面影はまったくないほどに変わっていた。というか、人型のロボットになっていた。色が青なのは、アイデンティティの表出なのだろう。

このリディくんがオリジナルなのかと問われれば、そうだとも言えるし、そうでないとも言える。

ゼルさんがリディくんを置いて行った後、オーバーテクノロジーの申し子であるリディくんは、各国の注目を集めた。集めすぎて、何度も誘拐されかけた。

そして、貴重な情報を持つリディくんを失ってなるものかと研究所は根本的な手を打った。

エフィドルグ船に残されていた多数の同型カクタスに、リディくんの頭脳を複製したのだ。必要な情報だけを選り分けるということをしなかった、というかできなかったので、本当にまるごとコピーした。

コピーが完了した百体のリディくんは壮観だった。

すべてが同じように行動し、呼びかけると一斉に振り向いた。同じ部屋に入ろうとして、百体のリディくんがドアの前でおしくらまんじゅうをしていた。

さすがに、これは不味いんじゃないの……？

ということになって、各国に里子に出されることとなった。

黒部研究所は世界の頭脳が結集しているくせに、どこか抜けているところがあるのは、どうやら所長だけのせいではなかったようだ。

ゼルさんが去ってからリディくんの面倒を見ていたのはポーラさんだった。リディくん自体もポーラさんに相当懐いていた。同じ記憶を持つが故に、研究所を去っていくリディくんは、トラックの荷台からずっとポーラさんを見ていたし、ポーラさんもずっと手を振っていた。ポーラさんは研究所を去るリディくんを一台一台説得していたそうだ。

ぼんやりとリディくんを見つめていたわたしの意識を、艦長の低い声が現実に引き戻した。

「解釈の相違は？」

ハウゼンは当然だと言わんばかりに頷いた。

「ありません。断言できます。この言語は、非常に洗練されており、曖昧な表現が一切ありません。また、語彙も少ないことから、かなり文明が発達した段階で制定された人工言語であると考えられます。エフィドルグと敵対する星間国家、ないしは同盟間で使われている、標準宇宙語というものでしょう」

　ハウゼンの言葉に頷いた艦長が再び語り始めた。

「ここまでは前置きだ。救難信号を受信した以上、すぐにでも助けにいかなければならない……と船乗りである私は反射的にそう考えてしまうのだが、ここは宇宙だ。何より、大きな問題点が二つある」

　艦長がリディくんに振り向くと、リディくんがピポピポ言うと同時に、壁に埋め込まれた一番大きなモニターに、銀河系の俯瞰図が映った。

「まず一つ目は、この通信を飛ばしてきた星系は、目的地ではないということだ」

　銀河系の俯瞰図がぐんぐんズームアップされて、目的地である『射手座*x1*《いてざカイワン》』を中心とした比較的狭い範囲の恒星系図になった。射手座*x1*に向かってまっすぐ線が延びている。線の出発点はもちろん〈くろべ〉だ。

「我々の星図によれば、射手座26と呼ばれている星系だ」

　射手座*x1*から少し離れた手前の恒星系が赤く点滅し、まっすぐ射手座*x1*へと向かっていた線が分岐して、射手座26へと延びた。

「そして我々の状況だが、現在この船は光速の九九・九九九％で航行中だ。惑星の衛星軌道に入るためには、ほぼ停止するまで減速しなければならない。この船は一〇Gでの加減速が可能だが、それでも減速期間は我々の主観時間で約二一六日。客観時間では実に二十一年と八ヶ月もかかるのだ」

ハウゼンがそっと補足した。

「今回受信した電波は、二十五年前に出された電波です」

「すなわち、救難信号を発信した彼らからすれば、約五十年たって我々が現れるということになる」

唸り声とも溜息ともつかぬ息吹が狭いＣＩＣに充満した。

わたしにだって分かる。五十年も経って助けに来ましたと言われても、なんのこっちゃであろう。

科学者の一人が手を上げた。

「他にないんですか？　通信は……」

ハウゼンが頷いて答えた。

「それはもう怒涛のごとく押し寄せてきていますよ。激しい戦闘が行われたのでしょう。大半が暗号通信で解析できませんでしたが……もっとも二十五年前に終わっている戦いなんですけどもね」

再び艦長が口を開いた。

「そして、二つ目の問題点は、時間だ。先ほども説明したように、加減速には膨大な時間がかかる。当然、加減速を繰り返せば、そのぶん目的地である射手座*x1*への到着が遅れることになる」

ハッとした。

——遅れる。

仮に寄り道したとして、どれくらいの時間が流れるのだろう。ちょっと想像がつかない。亜光速の船に乗っているわたしたちの数日は、星の上で暮らす人たちの数年にあたる。でも、減速してしまえば時間の差はなくなるはずだから、問題になりそうなのは加減速中の時間だ。まさか百年以上遅れるということはないだろうけども。後でソフィに計算してもらおう。

ふと我に返ったわたしは、大勢の視線を集めていることに気づいた。

艦長を始め、集まった士官や科学者たちがわたしをそれとなく見つめていたのだ。

「え……あの、なんですか……？」

艦長がそんなみんなの気分を代弁してか、優しく諭すように語った。

「ここに皆を集めたのは、広く意見を聞きたいからだ。軍人の視点で考えれば、任務を遂行する前に、五十年前の古戦場に寄り道するなど論外だろう。だが、軍人ではない科学者諸君は我々とは異なる意見を持つであろうことも分かる」

ハウゼンが頷いて、自信満々に答えた。

「もちろん、寄るべきです。言うなれば、人類史上初の地球外文明星系への訪問となるのですよ？　地球にやってきたエフィドルグはあくまで作り物でした。そうではない自然発生した種族との邂逅……ああ、なんて素晴らしいことでしょう。血沸き肉躍るとは、まさにこのことです！」

　感情を乗せ、くねくねと身をよじるハウゼンに科学者一同は苦笑を漏らした。それでも、ハウゼンの言葉には概ね同意なのだろう。科学者たちから反対意見は一つも出なかった。

　ハウゼンの熱弁に、艦長は苦笑を浮かべている。

「……科学者諸君とは別に、君の意見を聞きたい。エフィドルグと本当に戦い勝ったのは、君を含めてわずかしかいない。だから、この船に乗っているものは皆、君の意見を尊重する。私も含めてね」

　ちょっとたじろいでしまった。

　みんなの視線にはそういう意味が含まれていたのだ。でも、面と向かって言われてしまうと、なんだか重い。

「わたしの意見ですか……？　そんな大それたこと……」

　わたしの言葉をソフィが遮った。

「由希奈、艦長は尊重してくれると言っただけです。それでも、実際にエフィドルグと戦い勝利し、エフィドルグとされていた人たちと語り合ったのは、私たちだけなのです。実戦経験豊富な下士官が意見を求められていると捉えればいいのです。難しく考える必要はありません。あなたはどうしたいですか？」

改めてそう言われると返答に困った。

わたしは科学者であると同時に、役職とは関係のない特別なグループの人間なのだ。

この船に乗っている人は、大まかに三グループに分けられる。

まずは軍人。船のクルーや艦載機であるガウスのパイロット、そして宙兵隊。ごく一部の例外を除いて全員が元軍人だ。このグループが最も人数が多い。多いとはいえ、ほぼ全自動の航宙艦においては、船のクルーとされている人は二十五人しかいない。ガウス隊はソフィと茂住さんを含めても十人。宙兵隊は一個中隊で総勢七十五人と人数は最多だが、通常編成と比べるとかなり少ないらしい。

次に科学者。科学者の筆頭はハウゼン博士だ。エフィドルグとの接触経験と研究実績において、彼の右に出る者はいない。学者としてのキャリアも申し分ない。そんなハウゼンを頭に十人の各分野のプロフェッショナルたち。動機も目的も様々ながら、自分の探求心を第一に据えた変わり者たちだ。ちなみに、わたしはこの中に含まれる。ガウス隊とは別枠のパイロットでもあるけど、乗員のカテゴリーとしては科学者枠だ。それも地質学者という、異星の調査にどれほど役に立てるのか未知数な部分が大きい存在ではある。ソフィもわたしと同様、パイロット兼工学博士という二足の草鞋を履いてはいるけども、グループとしてはパイロット枠だ。

そして、それらとはまったく違う意味合いを持つ特別なグループ――『黒部サバイバー』。

この船の中で特別な存在。黒部研究所ごとエフィドルグに囚われてしまい、それでも逆襲して研究所を取り戻し、地球からエフィドルグを一掃した者たち。わたしとソフィ、茂住さん。そして、ハウゼン。

そんな背景があるものだから、この船で黒部サバイバーの発言は一目おかれる。そのせいで、船が出発する前に、乗船する人たちに向けて何度もエフィドルグについてのレクチャーを行った。だいたいはハウゼンやソフィが先生で、わたしは助手みたいな立ち位置だったけど。

科学者として実績のあるハウゼン、天才の名をほしいままに実力でガウス隊隊長に収まったソフィや、生身でグロングルを倒す茂住さんたちが一目おかれるのはまあ当然だ。

でも、わたしは……。

ぼやぼやしているわたしを見て、艦長は苦笑いを浮かべた。

「すぐに答えてくれなくともかまわんが」

実際に迷っていた。

いくつもの思いがせめぎ合う。心の中がざわついていた。

やはり最初に出てくる思いは、寄り道なんてしたくない。まっすぐ射手座*x1*に行きたいというものだ。

そして、裏返しのように、まったく逆の行きたくないという思いが心の陰に潜んでいる。

〈枢《くるる》〉で瞬間移動した剣之介たちからすれば、〈くろべ〉が射手座x1に着く頃には実に二二五年もの時が流れているのだ。そんなに長い間、ずっと同じ場所に居続けるだろうか？　結末を知ってしまうのが怖い。もし、射手座x1についた時、剣之介がいなかったら？　そんな絶望に耐えられる自信がない。だったら、射手座x1につかなければ……白黒はっきりさせなければ絶望することもないのだ。明らかに逃げだ。この船に乗っている人の大半を裏切る、許されざることだ。頭では分かっている。逃避も停滞も許されないことは。それでも心の底に沈殿している恐れはなくなってはくれない。

それとは別に、エフィドルグに虐げられている人がいるのなら、手を差し伸べたいという思いもある。たとえそれが彼らから見れば五十年も前の救難信号だとしても。ゼルさんなら、たぶんすぐにでも舵を切ろうと言うはずだ。

意識の表層からは、冷静な自分の声も聞こえてくる。

普通に考えれば、明確なリターンが見込めないリスクの高い行いだ。

あやふやな思いつきに引きずられて、〈くろべ〉の全員を危険な目にあわせてもいいのか。地球から遥か彼方の銀河の真っ只中で、誰にも頼ることができず、失敗すればそれっきりの片道切符だ。帰りの切符は自分たちの行いで勝ち取るしかない。そんな危うい状態の船を、目的地でない場所に連れていってもいいのか。

それらの思考とはまったく関係なく、うまく言葉にできないモヤモヤが心の中に漂っている。このモヤモヤは何だろう。すごく気になる。形にしようにも、輪郭がぼやける。曖昧なイメージが、ふわふわと空を漂うような気だるい心地だ。まるで眠っているような……。

——そうだ、夢だ。

心のピントが合ったような気がした。

モヤモヤのイメージが剣之介の姿に変わった。

あの夢の中に出てきた剣之介の姿は見たことのない装束を身にまとっていた。でも、見たことがないという認識だけで、細部は朧《おぼろ》だ。剣之介の姿はどうだったか。髪は伸びていたか。傷は増えていたか。うまく思い出せない。

でも、剣之介が見せた表情は、今までわたしに見せてくれたどんなものよりも優しさに満ちていた。そうだ、剣之介にも時が流れているのだ。いっぱいいろんなことを経験したにちがいない。だからあんな優しそうな表情ができるのだ。

ハウゼンに作ってもらったペンダントは赤い輝きを失ってはいない。ハウゼンの言うことを信じるなら、剣之介は生きている。今もどこかでゼルさん、ムエッタと共に戦っているのだ。

冷静なわたしの頭は危険だ、都合よく考えすぎだ、と警告ランプを点滅させていた。

それでも、確かな予感があった。

赤いペンダントが、剣之介と繋がっているように、わたしと剣之介も繋がっているのだ。わたしの首筋に埋まっている頸椎インターフェイスは、クロムクロからもたらされたものだ。剣之介の首筋に埋まっているものも同じだ。クロムクロを中心に、わたしと剣之介は繋がっている。だからあんな夢を見たのだろう。

あの夢の中で、剣之介は何と言っていたのだろう。

――わたしを呼んでいる？

不意にそう思った。虫の知らせというやつだろうか。

無意識に、胸にぶら下げたペンダントを握りしめていた。

わたしがここまで来れたのも、この赤い輝きがあればこそだ。

頭で言葉をまとめる前に、口から声が漏れ出ていた。

「行きたいです」

艦長が、ふっと笑った。

わたしは自分の言った言葉に半ば驚きつつも、その言葉に偽りはないと確信する。

「助けに行くべきです」

艦長が重く頷いた。

「聞いての通りだ、諸君。どうかな？」

宙兵隊のマーキス隊長が、うむと頷いた。

屈強な宙兵隊を率いるだけに、かなりゴツイ体格をした人だ。でも、それなりに歳はいっているはずだ。艦長よりは幾分若いのだろうけど、黒い肌と真っ白い頭髪のコントラストがそれを物語っている。

アメリカの海兵隊で三十年も軍役に就き、数え切れない実戦に参加した海兵隊の生ける伝説と呼ばれていた人らしい。エフィドルグがやってくる数年前に退役して、故郷のネバダ州で隠居生活を送っていたという。この船に乗ることになった理由は聞くまでもないだろう。ネバダ州は、アメリカで最も戦闘が激しかった州だ。その戦いに、予備役として参加していたのだ。

そんな古強者《ふるつわもの》が低い声で話し始めた。

「自分も寄ったほうが良いと考えます。このまま射手座x1に乗り込んだとして、エフィドルグが山ほどいたら我々の旅はそこで終わりですから。もし、射手座26の反エフィドルグ勢力が少しでも残っていれば、何がしかの情報が得られると思います。何も知らないでいくより、遥かにマシでしょう」

その言葉に、みんなが頷いている。

艦長も大きく頷き、みんなを見渡した。

「私もその考えに賛成だ。他に意見はあるか？」

誰も異論を唱えなかった。心なしか、みんな笑みを浮かべているように見えた。

「よろしい。本艦は射手座26に舵を切る。減速開始は、五日と十二時間後。この行動が我々にとって、大きな分岐点となることは間違いない。予想される状況と対策を考えておいてくれ。以上だ」

軍人たちは示し合わせたかのように同じタイミングで敬礼を返し、科学者たちは頷いた。

わたしは赤いペンダントをぎゅっと握った。

もう後には引けない。わたしは前に進むしかないのだ。振り返っても、宇宙の闇しかないのだから。

○

漆黒の宇宙空間で射手座26が白い光を放っていた。

A型主系列星であり、そもそもの温度が高く太陽よりも格段に明るい。ただ、宇宙から見た太陽もとても白かった。太陽が黄色く見えるのは、地球の大気のせいらしい。青い光の成分が散乱されてしまうからだとソフィが言っていた。

「由希奈、避けなさい！」

コクピットにソフィの声が響いた。

わたしはハッとして、掌に力を入れた。

予想よりも一瞬だけ早く機体が横にずれた。

すぐ横を、真っ黒いグロングルが刀の青い光を煌めかせて飛び去っていった。

「余計なことをしましたか？」

中央のコンソールから、遠慮がちな柔らかい女性の声が聞こえてきた。

「ううん、ありがとうマナ。ちょっとぼんやりしてた」

「お役に立ててなによりです」

飛び去った黒いグロングルは、ソフィと茂住のガウスに進路を妨害され、それをかわすようにベクトルを変更していた。

次の瞬間、黒いグロングルの進路を予想した曲線が正面のモニターに投影された。合わせて、最適な迎撃進路が違う色で表示される。二つの曲線が交差する点が赤く点滅していた。

わたしは黒いグロングルを迎撃するために、赤い交点へと自らの乗機であるマナタの向きを変え、加速させた。

マナタ——かつて地球を襲ったエフィドルグの指揮官機の一機だ。紫色でトゲトゲしたグロングル。ムエッタはマナタと呼んでいたけど、地球側のコードネームはメドゥーサだった。頭から四本の細い腕が伸び、先端に付いた刀を自在に操る様が、伝説の蛇女に見えたとかなんとか。この機体を〈くろべ〉に搭載するにあたり、コードネームをどうするかでひと悶着あったというか、わたしが悶着を起こした。

どうしてもメドゥーサという名前が嫌だったからだ。この子はムエッタが残した機体だ。わたしに託されたものだから名前は残してやりたかったたし、そもそも蛇女というセンスが気に入らなかった。

思い切って上泉艦長に直訴した結果は「乗り手がそう言うなら、それでいい」という実にあっさりしたものだった。指揮権限を無視する形ではあったけど、わたしが思うほど重要な事項ではなかったようだ。

本来の纏い手であるムエッタは、剣之介と共に〈枢〉で射手座*x1*に旅立った。残されたマナタは、唯一の適合者であるわたしの乗機となった。

マナタがわたしにしか操れない理由は二つ。一つは、マナタに登録された遺伝子情報が認証キーとなっていること。不思議なことに、わたしとムエッタの遺伝情報は驚くほど似ていた。そして、ムエッタは剣之介の主であった雪姫のクローンだ。これが意味することは、マナタから見ると、わたしとムエッタ、雪姫はすべて同一人物と認識しているということだ。そのせいでわたしはクロムクロに乗れたし、雪姫のクローンであるムエッタの乗機であるマナタをも動かせるのだ。

剣之介が地球を去ったあの日、マナタを動かせることを身をもってわたしは知った。と同時に、疑問を抱いた。

わたしはハウゼンにその疑問をぶつけてみた。

四五〇年も昔の人間と、遺伝情報がほぼ一致することなどありえるのか——と。

ハウゼンの答えは、いつものように明瞭なものだった。

「ありえます。限りなくゼロに近いですが」

「限りなくゼロなんですか?」

「はい。むしろ、現実的な解釈をするなら、何者かが明確な意図をもって操作をしたであろう、と考えるのが妥当です」

「え……それって、誰かがわたしの遺伝情報をいじったってことなんですか?」

「厳密に言うと違います。特定のタイミングで、クロムクロに搭乗できる遺伝情報を持った人間が生まれるように仕組んだ、ということです」

「そんなことができる人なんているんですか……?」

口をへの字に曲げてハウゼンは肩をすくめた。

「科学者としては、口にすべきではないのでしょうけど……証拠も証言もないので、あくまで私の推測でしかありませんが、それができるであろう人物を一人知っています」

ここまで言われれば、わたしですらハウゼンが言わんとすることは理解できた。

日本の戦国時代に現代の人類を遥かに凌ぐテクノロジーを持ち、正確にエフィドルグが再来する時期を知っている人物。そんな者は一人しかいない。

微かに後悔した。

――聞かなければよかった。

仮に再び会うことがあっても、確かめるわけにはいかない。もしこの話が真実だとすれば、たぶんあの人も後悔していると思う。わたしにしたって、恨みなんてこれっぽっちもない。むしろ、剣之介と出会えたことに感謝したいぐらいだ。

「由希奈、そのまま追撃してください。私とセバスチャンが、あなたが攻撃した後の予想ベクトルに基づいて攻撃します」

ソフィのはっきりとした声がコクピットに響いた。

「了解」

意識を眼前の宇宙に戻してマナタを加速させ、コクピットのセンターコンソールを見つめた。

「マナ、あとどれくらい？」

問いかけられたセンターコンソールが答えた。

「攻撃点への到達予想時刻は、五十秒後です」

宇宙の戦いはいつもこんなものだ。お互い猛スピードで宇宙を駆け抜けながらも、接触するのはほんの一瞬。そしてまた、膨大な速度からくる大きなカーブを描いて次の接触の機会を窺う。

「そう……結構かかるね」

「はい」

マナと呼ばれたセンターコンソールが律儀に返事をした。

ちゃんと会話ができるけども、マナは人間ではない。

マナタに搭載された戦術システムだ。クロムクロと違って単座仕様となったグロングルで後ろの人に相当する機能を受け持った存在だ。

元々は日本語で受け答えできる機能などついていなかった。というより、音声によるインターフェイスそのものがなかったのだ。元来、グロングルの纏い手と機体とは、頸椎インターフェイスを介して、思考イメージでやりとりをする。

わたしはこのイメージによる意志疎通がかなり苦手だった。

あれこれと余計なことを考えてしまい、トンチンカンな情報が表示されたりした。

残されたマナタを研究するにあたり、唯一のパイロットが満足に操縦できないという事実は、研究所的には大きな問題だった。そのため、特殊なプロジェクトチームが組まれ、ポーラとジローを中心にハード、ソフト両面から操縦インターフェイスの改善を図ったのだ。

その結果生まれたのが、マナだ。もっとも、最初からマナという名前だったわけではない。会話での意志疎通をする上で名前が必要だったので、わたしがつけた名前だ。

マナはグロングルの戦術システムと纏い手の間を繋ぐインターフェイスであり、グロングルの頭脳と直結した疑似人格だ。戦闘時の意思決定や手順については纏い手の判断が必要だけど、それ以外の単純な行動ならほぼ何でもできる。先ほどの回避行動にしてもそうだ。

マナの柔らかい声が聞こえた。

「何か心配ごとでもおありですか?」

苦笑いを浮かべて、センターコンソールを軽く叩く。

「こら。勝手に人の頭の中を覗くなって言ったでしょ」

「……覗いていません。漏れてきたイメージを基に判断しました」

「あれ？　漏れてた？」

「はい、いつものようにダダ漏れです」

笑い声が漏れ出た。

「そっかー、やっぱ漏れてたかー。うん、そうだね。いっぱい心配。船のみんなのこととか、助けを求めてきた星の人とか……わたしの選択は正しいのかなって……」

「それと、剣之介ですね」

自分の頬の温度が上がったことに気づいた。

これで人工知能だというのだから、笑うしかない。

もっとも、グロングルの戦術システムの中心は、有機コンピュータであろうと言われている。相変わらず詳しいことは不明だったけども、あまり突っ込んだことは聞かないほうがいい予感がしたので聞いていない。

「言うようになったね、マナ」

「おかげさまで」

マナとわたしは繋がっているのだ。おかげで思考はダダ洩れだ。それでも、躾のかいあってか、マナはわたしの恥ずかしい妄想を口外などしない。

なんとなく自らの首の後ろを触ってみた。外見上の違いはまったくないし、触っても分からない。でも、ここにグロングルとわたしを繋ぐナノマシンの作り出した回路が埋まっているのだ。

これがマナタがわたしにしか操縦できない理由、その二だ。

クロムクロに初めて乗った際に埋め込まれたもの。その後、注入されたナノマシンは、人間に不死性をもたらすということがハウゼンの研究で明らかになった。

その話をハウゼンから聞かされたときは、少し慌てた。

わたしだけではなく、剣之介、トムもシェンミイも不老不死なのかと。

ハウゼン曰く、インターフェイスにしかエフィドルグのナノマシンを持たないわたしやトムたちは半不死ではないという。ただ、影響がないかといえば、そんなことはないらしく、体の細胞が入れ替わるときに一定の確率でナノマシン細胞にすり替わっているらしい。明確な確率は出せないが、年齢を重ねるにつれて、ナノマシン細胞の割合が増えていくという。最も入れ替わりが少なければ、ちょっと寿命が長いぐらい。予想を超えてナノマシン細胞が増えると、どこかのタイミングで剣之介と同様に半不死になるという。

その話を聞いたわたしは、嫌な想像をしてしまった。

お婆ちゃんになってから半不死とか嫌だなあ。剣之介はお婆ちゃんになったわたしでも好きでいてくれるのだろうか。

そのとき思いついたことをハウゼンに訊いてみた。

「ムエッタはともかく……剣之介も不死なんですか？　剣之介は元々人間ですよね？」

ムエッタはエフィドルグによって作られた完全な人造人間だ。言うなれば、全身ナノマシンと言っても過言ではない。でも、剣之介は普通の人間だったはずだ。

わたしの言葉を頷きながら聞いていたハウゼンが、よくぞ聞いてくれましたとばかりに講義を始めた。

「実にいいところに気づきましたねえ。そうなのです、青馬剣之介は人間でした。では何故、不死性を獲得したかと言うと、身体の損壊が激しかったからなのです」

ハウゼンの言葉で思い出した。

剣之介は体中に傷があった。尋常ではない大きな傷もあった。いつだったたか、プール授業のときに、剣之介の体の傷を見た美夏が「これ、死んでね？」と言っていたのを思い出した。

戦国時代、雪姫を失うことになった最後の戦いで、クロムクロは重大な損傷を受けたという。その際に剣之介も瀕死、いや実際は死んでいたのだろう。クロムクロの中で死んだ剣之介は、クロムクロにとっては「重要な部品」だったのだ。だから、膨大なナノマシンを注入して蘇らせた。でも、外に放り出されてしまった雪姫は再生のしようがなかったのだ。

剣之介から聞いた話とハウゼンの見解を統合すると、このような推測ができあがる。

剣之介は完全なる人造人間のムエッタと、インターフェイスしか持たないわたしの中間に位置する存在といえる。それでも、半不死者となってしまったのだから、エフィドルグの科学は恐るべしである。

マナが注意を促す声をあげた。

「敵グロングルがブルーシフト。攻撃地点を修正。あと十三秒で接触します」

ブルーシフトということは、黒いグロングルは減速を始めたということだ。

光の速さは変わらない。でも、相対速度が変われば、光の波長が変わる。わたしを原点として見れば、黒いグロングルはこちらに向かって来ていると言える。だから黒いグロングルの放つ光の波長は短くなる——青色方向にずれるのだ。

「わたしを迎え撃つ気だね……こっちも速度を落として格闘戦に入る」

「了解」

マナタの重力推進器が急制動をかける。前に進む際は背中に展開した反重力場で機体を押す方向に重力をかけていたものを、今度は後ろに引っ張るように重力場を反転したのだ。

慣性制御機構が唸りをあげて急減速のGを相殺する。わずかに体が後ろに引っ張られる。

黒いグロングルとの距離がみるみる縮んでいき、相対速度がゼロに近づいていった。黒いグロングルの持つ刀の青い光が見えた。

先に踏み込んできたのは、黒いグロングルのほうだった。宇宙空間で踏み込むというのも変な感じだけど、そう見えた。

黒いグロングルの斬撃を左腕の刃で受け、すかさず右手の刃を突き出した。黒いグロングルは難なく避けて、伸ばしたマナタの右腕を狙って刀をすくいあげた。

——引っかかった。

伸ばした右腕をすぐに引き戻す。右腕は黒いグロングルの斬撃を呼び込むためのフェイントだ。

マナタの腰にぶら下がっていた刃を展開して、黒いグロングルの胴体を狙った。だが黒いグロングルは、すくいあげる刀を咄嗟に逆手に持ち替え、下から迫るマナタの刃を弾き返し、その勢いを保ったまま、横に刀を薙いだ。

慌ててその斬撃を左腕の刃で受け、マナタに後退をかける。

——手練れだ。

まともにやりあえば、無傷では済まない相手だ。

そのとき、ソフィの声が聞こえた。

「由希奈、五秒後にＡＧＧＣＭを撃ちます。離れてください」

「おっけー」

わたしは再び黒いグロングルに攻撃をかける。

今度はマナタが持つ合計十本すべての刃を一斉に繰り出した。

黒いグロングルは、その攻撃を予想していなかったのだろう。一瞬怯んだものの、致命傷となりそうな刃だけを刀で受け、他は装甲を削るに任せた。

暗い宇宙空間に、マナタの超振動ブレードとグロングルの装甲があげる火花が散った。

黒いグロングルはマナタの攻撃を凌ぎ、マナタの引き手に踏み込むように突進してきた。

——そう来るよね。

上方向にベクトルを傾けたマナタは、黒いグロングルの突進を躱《かわ》した。黒いグロングルは、マナタに頭の上を飛び越された形になった。

すかさず黒いグロングルは振り向きざまに、刀を上段から振り下ろした。

マナタが速度を変えなければ、その斬撃に斬られていただろう。だが、マナタは黒いグロングルの頭上を越えると同時に、後退方向の重力場を展開して黒いグロングルから離れていたのだ。

離れていくマナタを追撃すべく、黒いグロングルが重力場を展開した。

そのとき、黒いグロングルの後方に一発のミサイルが迫っていた。

重力シールドを持つグロングルから見ればたかだか秒速一㎞程度で向かってくるミサイルなど、簡単に弾き飛ばせるもののはずだった。だが、重力シールド発生装置から斥力ビームの照射を受けたにもかかわらず、ミサイルの進路は変わらず黒いグロングルの胴体に向かって突進した。

急激な方向転換のために、速度がほぼゼロにまで落ちていた黒いグロングルに避けるすべはなかった。

黒いグロングルが眩い閃光に包まれた。

黒いグロングルは両手足をそれぞれ別々の方向へと飛ばして、文字通り四散した。

わたしはコクピットで下手くそな口笛を吹いた。

「命中〜」

ＡＧＧＣＭ――対グロングル重力子相殺ミサイル。グロングルの持つ重力シールドに対抗するために造られたミサイルだ。重力シールドは、飛来する質量に応じてベクトルを逸らす方向に斥力をかける、エフィドルグの防御力の中核をなす機構だ。かつての地球上の戦いにおいて、地球側の兵器がまったく通用しなかった元凶でもある。だが、このミサイルは、重力シールドが照射する斥力ビームを完全に相殺する重力子を放出する。結果、弾き飛ばされることなくミサイルはグロングルへと到達する。画期的な発明と言えるが、やっかいな問題が二つあった。

一つは製造に時間がかかることだ。このミサイルに搭載されている重力制御機構は、ガウスに搭載されているものとまったく同じものだ。つまり、人類にはゼロから作ることができない。ナノマシンの再生プロセスを利用した「増殖」をするしかないのだが、プラナリアのように切ったら切ったぶんだけ増えるという類のものではなかった。黒部研究所で発掘された重力制御機構には、コアチップと呼ばれる中核部分が存在し、これを割れば増殖するのだが、再生したものをさらに割っても再生はしなかった。その後の研究で、コアチップを細かく割り過ぎると、全部死んでしまうことが発見され、最適分割数は四つとされた。

航宙艦〈くろべ〉には発掘されたオリジナルの一つが積まれているが、出航前に製造されたものと、船で製造されたものを足しても三十二発しかない。

そしてもう一つの問題は、重力子放出時間があまり長くないということ。長時間の斥力ビームの照射を受けると音を上げてしまうのだ。だから、さっきみたいな一工夫が必要になる。

ソフィの弾んだ声がコクピットに響いた。

「お見事です、由希奈。うまくグロングルの速度を殺してくれましたね」

「今回はうまくいったかな。でも、敵の練度が上がってきたね。すごい学習能力だと思うよ」

「そうですね。こちらがうまくやればやるほど、強くなりますから」

セバスチャン――本名は茂住敏幸というれっきとした日本人だ――の低い声が聞こえてきた。

「お嬢様、本日はこのあたりでよろしいかと」

「そうですね。状況を終了します」

「ほ～い、了解」

その瞬間、目の前のモニターから、射手座26星系の風景が消え去った。

一瞬の漆黒の後、見慣れた〈くろべ〉のハンガーが目の前に広がる。

「お疲れ様でした」と、マナ。

「うん、お疲れ。マナも何か学習できた？」

「はい。敵役のＡＩの練度が上がるということは、私の練度も上がるということです。前よりもっと優雅に由希奈をサポートできると思います」

ふふっと鼻から笑い声が漏れた。

「なんだか、茂住さんのセリフみたい」

「セバスチャンは執事として、尊敬できる人物です。彼の献身的で的確なサポートは大いに参考になります」

「そういうもん……？　そのうちわたしのことをお嬢様って言い出さなきゃいいけど」

「それはありえません。由希奈はお嬢様という柄ではありません」

さすがに噴き出した。

「なんで、こんな酷いことを平気で言う子に育っちゃったんだろう」

「由希奈のおかげです。感謝しています」

わたしは笑いながらセンターコンソールを撫でた。

「ありがとう、マナ。色々ね……」

マナには精神的な部分でかなり助けられていた。

クロムクロで戦っていたときは、ずっと剣之介と二人だった。命のやり取りをする戦いの場で、そのことがどれだけわたしの気持ちを救ってくれていたのかが今になって分かる。正直、一人で戦うのは辛い。でも、こんな弱音をわたしが漏らすわけにはいかないのだ。

だからマナの存在は本当にありがたいと感じる。誰かと話しながら戦えるという事実は、わたしにとって得難いものなのだ。剣之介のいない穴埋めなんだろうかと思わなくもないけど、今の自分には必要なものだ。

ふと気づいた——子供がいる夢なんて見たのはマナのせいだ、と。

○

ついに減速開始の日がやってきた。

船を減速させる直前、上泉艦長は乗組員全員をガウスハンガーへと集めた。

船の規模に対して少ない人員ではあるが、それでも百二十人がいた。

みんなを前にして、上泉艦長が語り始めた。

「本艦はこれより、射手座26へ進路を向け、減速を開始する。現地の状況は不明だが、エフィドルグと戦う勢力が存在していることは間違いない。我々の任務は、エフィドルグと戦っている勢力に加勢し、可能な限りエフィドルグの侵略を食い止め、地球に対する侵略を未然に防ぐことにある」

と言って、一度言葉を切った艦長は全員を見渡し、不意に顔を崩し好々爺的な笑みを浮かべた。

「……とまあ、大人のお題目はこの辺でいいだろう。そんな任務はとうてい達成できない。プロである軍人諸君には言うまでもないことだ。ただね……最低限、俺たちの娘の嫁入りだけはさせてやろうじゃないか。生きる意味を失った俺たちの生に意味を与えてくれた、俺たちの娘の嫁入りだ。命をかけたっていいだろう。なあ皆？」

普段はお堅い軍人たちがみんな笑みを浮かべ、隅っこで目立たないように立っていた由希奈に視線を向けた。

わたしは傍らに立つソフィに尋ねた。

「ねえ、娘ってわたしのことかな？」

ソフィはふっと笑ってわたしを見返す。

「あなた以外に誰がいるというのです？」

少しばかり唇を尖らせて悪あがきをする。

「娘ですかあ……」

ソフィは意外そうな顔を向けてきた。

「ご不満ですか……？」

「せめて、孫と言ってほしいなあ」

ソフィは何も言わず微笑を浮かべただけだった。

生意気なことを言いつつも、わたしは感謝で涙が出そうになった。

みんなわたしのわがままの背中を押してくれる。家族や大事な人をエフィドルグのせいで失ったのに。復讐ではなく、誰かのために。

この船に乗っている人は全員わかっているのだ。かつては復讐の鬼だった剣之介が復讐を捨て、地球の未来を救うために旅立ったことを。わたしの恥ずかしい痴話喧嘩だけではなく、剣之介やゼル、ムエッタの姿もちゃんと見ていたのだ。

再びみんなを見渡した艦長が大きく頷いた。

「減速を開始する！」

軍人は敬礼を返し、科学者たちは力強く頷いた。

クルーが持ち場へと走り、科学者たちは自分のラボへと戻っていった。

そして十分と経たないうちに、船が軋《きし》みをあげて地球の重力の十倍の力で減速を開始した。

もっとも、慣性制御機構のおかげで、船内の人間は何も感じることはなかったけども。

◯

由希奈は壁に映し出された代わり映えのしない銀河の風景をぼんやりと見つめていた。

ソフィはいつものように炬燵で丸くなっている。

銀河系の直径は約十万光年。太陽系から銀河系の中心までが約二万六千光年。〈くろべ〉は太陽系から二二五光年離れた射手座x1に向かっている。普通の人の身であるわたしから見れば、途方もない距離を移動しているように感じる。でも、銀河スケールで考えればお向かいさんに行くぐらいの距離でしかない。

「といっても、減速だけで二一六日もかかるんだよねぇ……」

「射手座26の人から見れば五十年後ですけど。宇宙を旅すると、時間の感覚が麻痺しますね」

とソフィ。

「エフィドルグもたいがい気の長い人だなあって思ってたけど、そりゃあ気も長くなるよねえ」

と言って、ごろりと畳の上に転がる。

到着したころには射手座26が、エフィドルグと戦った五十年後の世界だ。

射手座26はどうなっているのだろうか。

剣之介は今もどこかで、戦っているのだろうか。ゼルやムエッタはどうなったのだろう。考えればきりがない。そして、考えてもどうしようもないことも分かっている。

射手座26でわずかでも何か手がかりが得られればいいのだけど。

航宙艦〈くろべ〉は船足をゆっくりと、だが着実に緩めていった。

船内時間で四八五日目――地球時間だと西暦二二〇九年のことだった。

第二話　『知らない太陽』

ソフィ・ノエルは心底怒っていた。

「この中に犯人がいます！」

普段あまり聞かないソフィの強い声に、広い背中をピンと伸ばしていた剣之介が振り向いた。

「はん、にん……とは何だ？」

「下手人ということです！　盗みを働いた者がいます」

剣之介は眉間に皺を寄せて唸る。

「なんだと……これほど豊かな世で、盗みを働く者がおるのか」

スマホをいじくっていた由希奈は首を傾げ、ソフィに尋ねた。

「そもそも、何盗まれたの……？」

途端、ソフィの目が泳ぐ。

「そ、それは……私の大事なものです！」

「大事なもの、では分からぬ」と言った剣之介が腕を組んだ。

「ね、ソフィ。言いにくいものなら、剣之介追い出すけど？」

「何故、俺が追い出されねばならんのだ！」

剣之介と由希奈が睨み合う。

「ほんと、あんたってデリカシーってものがないんだから。少しは察しなさいよ」

「で、でりかしい、だと……ふふん、今までの俺と同じと思ってもらっては困る。でりかしいとやらの意味は知っておるぞ。繊細な心配りのことであろう。ならば心配無用。この青馬剣之介、心配りにかけては鷲羽の城で並ぶものなしである」

「嘘をつくな！」と由希奈がすかさず突っ込んだ。

「嘘など申しておらぬ！　少しばかり盛ってはおるが……繊細な心配りのできぬオナゴであるな、そなたは！」

「あんたにデリカシーないとか言われるなんて、想定外にもほどがある……ていうか、女子に向かってデリカシーないとか言ったらダメなんだからね！」

「何がダメなのだ！」

勝手に痴話喧嘩を始めた剣之介と由希奈に、ソフィは盛大に溜息をついてボソリと言った。

「……お萩《はぎ》です」

剣之介と由希奈がポカンとした顔を向けた。

「オハギ……？」と言って由希奈が首を傾げる。

「……とは何だ？」と剣之介も首を捻る。

「あんた、オハギ知らないの？　餡子《あんこ》にくるまれたお餅というか、お餅みたいなご飯というか……」

剣之介は得心した様子で、鼻を鳴らして応えた。

「なんだ、牡丹餅《ぼたもち》のことか。あれは美味いな。俺は塩辛いものしか食ったことがなかった故、この世で甘い牡丹餅を食ったときは驚いたものだ」

ソフィが意外な顔をして、

「昔のお萩は、塩味だったのですか？」

「うむ。小豆《あずき》を潰した餡は同じだが、砂糖ではなく、塩で味付けをされておった」

ソフィと由希奈が「ほ～」と口を縦に細めた。

「そもそも、オハギとボタモチの違いって何？」と由希奈。

頷いたソフィが、ぴっと人差し指を立てた。

「諸説ありますが、時期の違いと言われています。牡丹餅は、その名の通り、花の牡丹からきています。ですから、春の食べ物なのです。お萩は、漢字からも分かるように萩の花です。秋のお彼岸に食べることからきているのです」

由希奈が少しばかり驚いた。

「え……オハギのハギって、花の名前だったんだ。知らなかったー！　てか、どんな字だっけ？」

呆れた剣之介がやれやれと溜息をつく。

「そなたは……日の本のオナゴであろう。萩の字一つ書けんでなんとする」

「うっさい！　秋の花でしょ、たぶん、書けるから……」

と言って、由希奈が宙に書いた文字は『荻』だった。

ソフィが小さく溜息をついた。

「由希奈さん、それはオギです……」

「え⁉　あ、そっか、書けると思ったら、美夏の苗字だった」

呆れ果てた剣之介が由希奈に言った。

「……草冠《くさかんむり》に秋だ」

由希奈は感心して、

「あ、なるほど。ほんとに秋なんだ……どんな花？」

剣之介はギョっとした顔を由希奈に向けた。

「萩の花を知らぬのか……？　万葉集で最も多く詠まれた花なのだぞ」

「万葉集なんて、読んだことないし！」

再び痴話喧嘩を始めそうになった二人に、ソフィは慌てて声をあげた。

「確認させてください。お二人は、この部屋に置いてあったお萩を食べてはいませんね？」

剣之介と由希奈は同時に頷いた。

「して、ソフィ殿のお萩とやらは、どのようなものであったのだ？」

ソフィは少しばかり戸惑った。

「どのような……とは？」

「大きさであるとか、見た目であるとか……そういったものだ」

「なるほど。大きさは私の拳の半分程度。色は若干薄めで、こし餡に包まれたお萩です」

途端、剣之介の眉間に縦皺が刻まれた。

「こし餡……だと？　何故、つぶ餡ではないのだ？」

そう言われたソフィの眉間に微かな縦皺が刻まれる。

「……どうして、この私がつぶ餡のお萩などを食べなければならないのです？」

剣之介とソフィの視線が宙で火花を散らした。

「何を言うか。牡丹餅はつぶ餡であろう！」

「お萩は、こし餡です！」とソフィが剣之介を睨み返す。

「つぶ餡こそ正義！」

「こし餡の洗練された舌ざわりこそ、餡子の中の餡子。餡子オブ餡子です！」とソフィも言い返す。

剣之介は苦々し気な表情で首を左右に振り、

「こし餡は食いごたえがないのだ。餡の甘さと、粒の歯ごたえこそ、餡子にとって必須のもの。こし餡なぞ、辛くないカレーのようなもの。断じて認めるわけにはゆかぬ」

半ばほったらかしだった由希奈がのほほんと話に割り込んだ。

「あ、わたし、辛すぎるカレーは苦手なんだ」

剣之介はキッと由希奈に顔を向ける。

「そなたの話など聞いておらぬ！」

「なにさね！」

ソフィは脱力感に襲われて、肩を落とした。

「あなた方に訊いた私が愚かでした……」

そのときだった、部屋のドアが勢いよく開けられ、赤城が顔を覗かせた。

「おーい、お前ら、そろそろ本番だぞ。カルロスの奴はもうカチンカチンでよ。少しはフォローしてやってくれよな」

赤城の顔を見た由希奈が呟いた。

「あ、犯人分かったかも」

「……うむ」と剣之介も頷く。

途端、ソフィが赤城に指を突き出す。表情は夜叉面のようだ。

「赤城！　そこへ座りなさい！」

「へ……？　なんで？」

突然のソフィの剣幕に気おされた赤城は、おずおずとパイプ椅子に座ろうとした。

「椅子ではありません。床の上に正座です！」とソフィが言って、床を指さす。

「え、ちょ……なんでソフィそんなに怒ってんの⁉」

「あなたの口元についているものは、何ですか？」

赤城は不思議そうに口元を拭い、手の甲についた黒い泥のようなものを見た。

「ん……？　ああ、餡子だな。カッコワリイとこ見せちまったな……てか、餡子がついてたから怒られてんの、俺？」

「違います！　これからあなたは懺悔しなくてはなりません！」

「介錯は承った」と剣之介が立ち上がり、刀の鞘を持ち赤城の後ろに立った。

慌てて由希奈が、剣之介の腰にしがみつく。

「ちょっと、剣之介、柄に手を添えるのやめなさい！」

異様な雰囲気に赤城は戸惑うばかりだった。

「なんなんだよお！　俺が何したってんだよお！」

訳も分からず、みんなに囲まれた赤城は床の上に正座した。

開け放たれた戸口から、今度はカルロスが顔を出した。その表情はかなりテンパっており、走ってもいないのに汗だくだった。

「お前ら、何やっとんがんよ（何やってんだよ）！　本番始まるって……赤城、なにちんちんかいとんがけ（なんで正座してんだ）？」

赤城は正座したまま叫んだ。

「分かんねえよ！」

立山国際高校文化祭、二年C組による公開討論会『教えて！エフィドルグ』の本番まで、あと五分のことだった。

○

「という夢を見ました」

いつものように由希奈の部屋の炬燵で丸くなりながら、ソフィが呟いた。

向かいに座る由希奈は、けたけたと笑いながら炬燵の中で足をばたつかせる。

「あははは、そうそう、そんなことあったよねえ。懐かしいなあ」

笑いつつもわたしは首を傾げる。

「てか、ソフィちょっと盛り過ぎ。剣之介の頭が良すぎだよ。アイツ、万葉集とか絶対読んでないし。ソフィが言ったこと、剣之介で吹き替えてない？」

ソフィはとぼけた顔で小首を傾げる。

「そうでしょうか？　剣之介はそんなにバカではなかったはずですよ」

「そんなにバカじゃないけど、違う意味でバカっていうか……お利口さんではないよね」

ソフィはわたしの言葉が面白かったのか、くすくすと笑った。

「そうですね。お利口さんとはほど遠い人でしたね」

「そういや、あの後、赤城くんにお萩は買ってもらったの？」

ソフィは首を横に振って、

「いいえ……それどころではありませんでしたから」

「そっか、そうだよねえ。剣之介が刺されて大変だったもんね。てか、ソフィも昔の夢なんて見るんだね」

「由希奈が変な夢の話をしたからでしょうね」

「わたしのせいなの？」と言って笑う。

ふと顔を横に向けると、モニター上で射手座26の恒星が青白い光を放っていた。

最初は、射手座26の明るさに目を見張ったものだった。

その明るさは太陽の比ではなかった。太陽よりも燃焼温度の高いA型主系列星だから、当然と言えば当然なのだけど、実際にこの目で見るとやはり驚かざるを得ない。

ただ、地質学者であるところのわたしには、あまりやれる仕事はない。

別にさぼっているわけではない。射手座26を取り巻く惑星たちの性質を調べるという大仕事がある。それでも、遠く離れた場所からの観測ではおのずと限界がある。そのうち惑星の姿がはっきりと見えてきたら、膨大な観測データに埋もれることになるのだから、今ぐらいゆっくりしていてもいいだろう。

などと誰に言うでもなく自分自身に言い訳をしていたわたしの耳に、モニターのスピーカーからの声が入った。

「速度、〇・三光速」

射手座26が大写しになっているモニターの片隅に、艦橋の様子を映した小さなウィンドウが開いている。

上泉艦長のはからいで、艦橋の様子が見られるようにと全部署に映像が流されているのだ。艦長は「余計な不安を抱かせないため」というようなことを言っていた。景色の変化が乏しい宇宙をずっと見ていると、ちゃんと船が進んでいるのか不安になることがあっただけに、艦長の気遣いはなんとなくだが理解できた。

ちなみに、昔から言われていたスターボウは見えなかった。ドップラー効果で、今まで見えなかった星が見えるようになり、宇宙マイクロ波背景放射が赤いぼんやりとした輝きを放っているだけだった。

航法士官の報告を受けた艦長が鋭く下命した。

「機関停止！」

「機関停止します」

一秒も経たないうちに、船を覆っていたゆっくりとした振動が消え去る。

微かに聞こえる人の息遣いや、電子機器の冷却ファンの唸りが耳につくようになってきた。

「……エンジン切るんだ」

炬燵の天板にだらしなく顔を置いたまま、ぼんやりとモニターを見つめていたわたしの呟きにソフィが律儀に応じてくれた。

「そうです。もし、射手座26星系がエフィドルグの手に落ちていた場合、察知される確率が高いからです」

「そういうもんなの？」

「この船もエフィドルグの船も、重力推進機関を使っていますから。重力推進機関が放つ重力波は光の速さで宇宙を伝わっていくんです。だから、かなり早い段階で慣性航行に切り替えないといけません」

「見られたら、ばれるんじゃないの？」

ソフィは小さく頷いた。

「ええ。ちゃんと見ていれば、ですけど。今のこの船は光を出していませんから、遠くから見れば宇宙を漂うただの小惑星と見分けはつかないと思います」

頷くしかなかった。

確かに、地球に落ちてくる隕石だって、地球の大気圏に入って光り出すまでは誰も気づかないのだから、宇宙の遥か彼方を漂っているだけの船を見つけるというのは至難の業だろう。

じっと射手座26を見ていたらあくびが漏れた。

「このまま減速せずに近づくの？」

「ええ。先ほど言ったのと同じ理由です」

「同じって……？」

ソフィは一センチほど口を開けて溜息をついた。そうして、上目遣いだが鋭い視線を向けてきた。

「いいですか……」

わたしは「始まった」と直感した。

ソフィが小さな溜息とこの目線をするときは、「先生」になる瞬間だ。

「射手座26星系は、エフィドルグに制圧されている可能性があるのです。それは理解していますね？」

「……はい」

「もし、エフィドルグの船が射手座26星系にいるとしたら、どこにいるでしょうか？」

できの悪い生徒が、先生からマンツーマン講義を受けているような状態になった。もちろん、できの悪い生徒とはわたしのことだ。

「えっと……人が住んでる星の軌道、かな？」

その答えにソフィは頷く。

「その通りです。そのときのエフィドルグの船の速度はどれくらいでしょう？」

「たぶん……低軌道にいると思うから、秒速十㎞ぐらいかな……」

「そこまで理解しているのなら、答えはおのずと出てきますね」

「え……？　わかんないよ」

ソフィは盛大な溜息をついた。

「現在の〈くろべ〉は、〇・三光速で航行中です。仮にエフィドルグに察知されたとしても、初速のあるぶんこちらが最大加速で逃げれば、追いつかれる心配はありません。〈くろべ〉の推進機関は、エフィドルグの船とまったく同じものだからです。それはご存知ですよね？」

「……はい」

ようやく理解できた。

逃げるときのことを考えて、〇・三光速を維持しているのだ。エフィドルグの船がいたとしても、主要惑星に駐留しているわけだから、速度は〇・一光速も出ていない。

そして、この船はエフィドルグの船と同じエンジンを積んでいる。ただ、同じではあるけど中古エンジンだ。人類は重力推進機関を作り出すことはできなかった。いずれは人類も重力を捕まえることができたかもしれないけども、五年やそこらで何世代も技術レベルが上のエンジンを複製するなど土台無理な話だ。中世の人類に、二十一世紀の自動車のエンジンをコピーしろと言っているようなものだろう。

ソフィはわたしがようやく理解したとみて、さらなる講釈を始めた。

「それに、今の船の進路は速度を稼ぐのに有利なベクトルをとっています」

「はあ……」

「射手座26の銀河公転方向に対して後ろ側をかすめるような航路をとります。こうすることで、射手座26星系から離脱する際にスイングバイを使った加速を得られるのです。これも、万一の事態に備えてのことなんです」

頷くしかなかった。

「とってもよく理解できました……」

ちらりとソフィがモニターの片隅に表示されている時計を見た。

「そろそろ行きましょうか」

「そうだったね。いこっか」

これから科学者を集めた報告会があるのだ。今までは船の速度が高すぎて歪みが大きすぎ、詳細な情報が得られなかったのだ。でも、〈くろべ〉が大幅に減速したことで、射手座26の状況が次第に分かってきた。

航宙艦〈くろべ〉が減速を開始して船内時間で二一〇日が過ぎていた。

○

大会議室と呼ばれている部屋は、大きな円卓が部屋の中央に組まれ、その内側には三次元ディスプレイが据えられていた。

戦闘指揮所《CIC》にくらべれば遥かに広かった。とはいえ、集まっているメンバーは前回と同じ、科学者全員と各部門の責任者と副官だ。そして、前回と同じように物理的に大柄な軍人のみなさんに幅寄せをされる格好で、科学者のみんなはこぢんまりと収まっている。

由希奈もお仲間の科学者と同じように、ちんまりと席についていた。

科学者代表のハウゼンが一同を見渡して頷いた。

「集まったようですね?」

その言葉に、ハウゼンの隣に座る上泉艦長が頷いた。

「始めてくれ」

ちらっと艦長を横目で見たハウゼンが小声で訊いた。

「この部屋はあまりセキュリティが高くないのですが、よろしいのですね?」

艦長は鷹揚に頷いた。

「かまわんよ。我々はすでに決断を下した。これからは全員が情報を共有し、各人がなすべきことを考える局面だ」

「ごもっともです。それでは、まず射手座26星系の概要から説明いたします」

そう言ったハウゼンが、傍らに座る天体物理学の専門家に頷いた。

部屋の中央にある三次元ディスプレイが、射手座26星系の全景を映し出した。

射手座26の恒星から星系内の惑星について様々な観測結果が報告されたけども、専門家ではないわたしでは概要を理解するのがやっとだった。

ただ、太陽系と比べると変わった星系だなあと思った。

まず、射手座26星系の第一惑星は、巨大なガス惑星だということ。いわゆる、ホットジュピターと呼ばれる星だ。土星サイズの惑星が、水星の軌道の半分の距離を公転時間二〇〇時間というとんでもない速さで回っているのだ。そんなに恒星に近くて、よくガスに火がつかないものだと思う。

そして、救難信号を送ったであろう宇宙人――射手座26星人――の住む星も判明した。

第二惑星が、射手座26星人の居住惑星だったのだ。

そのことが報告されたとき、ハウゼンが口を開いた。

「この異星人を、何と呼びましょうかね?」

ハウゼンのこの言葉で、科学者のみんなはいっせいに口を開き始めた。

やはり、地球の暮らしを捨ててこの船に乗るような変わり者たちだ。こういうことが大好きなのだ。みんな、我こそが新しい種族の名をつけたのだと言いたいのだろう。

射手座の異星人だからサジタリアンだ。いや、他に射手座に異星人がいたらどうするんだ。

じゃあ、サジタリアン26でどうだ。そんな記号みたいな名前があるか。

みんな、好き勝手に言い放題だ。

科学者たちのバカ騒ぎに、さすがの艦長も苦笑いを浮かべていた。

わたしはふと疑問に思ったことを口にしてみた。

「あの……その人たちは、自分たちのことを何と呼んでいるんですか？」

　みんなが押し黙った。

「……把握できませんでした」

　と言ったのは、外惑星生命体の専門家だ。名前はレティシア・ゴンザレスさん。とってもラテンな名前だけど、れっきとしたアメリカ人らしい。みんなからはレティと呼ばれている。

　エフィドルグの襲撃以降、一躍表舞台に出てきた種類の人だ。それまでは、異端扱いされて日陰者だったらしいが仕方のない話だろう。だからかどうかは分からないけど、レティはとっても大人しくて引っ込み思案だ。ただ、同じ船に乗って長い間過ごしたからだろう、科学者仲間とは普通に会話をできるようになっていた。とはいえ、科学者以外の人たちと話すのはやはり苦手らしい。特に宙兵隊のみなさんを前にすると、熊に睨まれたウサギのようだった。

　なので、今回のように大きな会議で発言するのがとても嫌そうだった。

「さしあたって、ガンマエイリアンとでも呼びましょう。彼らの種族の呼称が分かれば、以降そちらに切り替えるということで」

　ハウゼンのその言葉に、科学者連中は渋々頷いた。

　ちなみに、エフィドルグの襲撃以降、地球ではゼルをアルファエイリアン、エフィドルグをベータエイリアンと呼称することになっていた。そもそも、ゼルさんは自分たちの種族の名前を教えてくれなかったし、エフィドルグもその名が種族を表すものなのかはっきりしなかったからだ。

その後、射手座26星系の第二惑星について細かな報告があった。

第二惑星ではあるが、恒星からの距離が非常に遠いところにあるという。太陽系でいうと、火星よりも遠い。ただ、射手座26の恒星が明るく、生命居住可能領域《ハビタブルゾーン》が太陽系よりもかなり遠方に広がっているからだ。

三次元ディスプレイに、第二惑星の観測映像が映し出された。まだかなり距離があるものの、はっきりとした姿を捉えている。

雲の多い、緑色の星だ。

「海がありませんね」とソフィが言った。

確かに海と呼べそうな大きな水面は見えない。所々に大きな湖が見えるぐらいだ。

映像に合わせて、それぞれの担当科学者が説明を始めた。

半径は地球の一・一倍程度。推定地表重力は一・二G。かなり高密度の惑星のようだ。地表のほとんどが植物で覆われており、極地の氷結面積が狭くかなり温暖な惑星であることが分かる。

一通り第二惑星の物理的な説明が終わったところで、先ほどの外惑星生命体の専門家であるレティが口を開いた。声が小さいので、みんなが無意識のうちに顔をレティに近づけるような仕草をした。

「第二惑星からは、活発な電磁波放射が行われています……ほとんどが、現地の言語であると思われるため、内容は不明です。しかし、単純なFM変調をされた電波がほとんどですので、解析はできました」

そこまで言ったところで、レティは息も絶え絶えといった感じで肩で息をしていた。

第二惑星のいたるところから、電波が出ているというのだ。それも、単純なFM放送だ。

「そのほとんどが、民間の放送と思われます。音楽が流れ、CMらしきものも時折挿入されています」

微かな笑いが部屋に満ちた。

わたしもちょっとばかし楽しい想像をした。どんな姿の人たちがどんな音楽を聴いて、どんなものを買っているのだろう。

艦長が笑みを浮かべながらハウゼンに訊いた。

「エフィドルグの連中は、音楽を聴いて、買い物を楽しむような連中なのかな?」

ハウゼンは肩をすくめる。

「まったく分かりません。地球に来たエフィドルグは、あくまで戦闘用の人造人間でしたし、入力されていた情報は、過去に蒐集《しゅうしゅう》した地球のものでしたから」

艦長の笑みが苦笑いに変わった。

「戦国時代の情報ではな……しかし、第二惑星の連中は随分と呑気《のんき》じゃないか。とても戦時下にあるとは思えんな」

その言葉にみんなが頷いた。

艦長が、レティに向いて、

「他には？」

たったそれだけだったけども、レティはビクンと背筋を揺らした。

「は、はい！　星系内を行き来する船との通信と思われるものがいくつもありました。こちらは、以前受信した共通語でしたので内容まで把握できました。内容は、航路に関する管制とのやりとり、定時連絡のたぐいでした。いずれも暗号化されていない、民間のものと思われます」

「……船乗りは共通語を使っているのか。だとすれば、この星系以外と行き来があるということだな」

艦長の言葉に、ハウゼンが頷いた。

「間違いないと思います。第二惑星の軌道上に巨大な宇宙ステーションが存在しています。規模から考えると、宇宙港と呼んで差し支えないものです。そこから、かなりの数の低速の宇宙船が出入りしていることも確認されました」

「軍艦は確認できていませんか？」

「エフィドルグの船は確認されていません。ただ、星系内を行き交う船は、ほぼすべて重力推進機関を使っているため、重力波による特定は不可能です。また、彼らの軍艦がどのような形をしているのか、まったくデータがないのでこちらも特定は不可能です……ただ、興味深いものがありました」

　ハウゼンが端末を操作すると、三次元ディスプレイの映像が切り替わり、不思議な模様が刻まれた球体が映し出された。

「宇宙港のちょうど反対側の軌道を回っているものです」

　よく見れば、完全な球体ではなく、五角形と六角形の板が集まったような姿をしている。そう、サッカーボールと同じ形だ。

　わたしは思わず「あ」と声を漏らした。

　そうだ、これは――

「これって、〈枢〉ですよね⁉」

　みんながざわつき、ハウゼンとソフィ、茂住さんが頷いた。

「その通りです。エフィドルグのワームホール発生装置です」

〈枢〉を実際に見たことがある人類は少ない。エフィドルグから取り戻した直後の黒部研究所にいた人たちだけだ。この船では、わたしとソフィ、茂住さん、ハウゼンだけだ。リディくんはこの際おいておく。

　さらにみんなはざわついた。

　無理もない。エフィドルグの大艦隊を呼び寄せる扉なのだ。それが、ここにある。射手座26星系はエフィドルグの手に落ちていたのだろうか。でも、艦長が言ったように、この星系はとてものんびりとしている。実際に〈枢〉があるという衝撃と、その雰囲気が合わない。

「面白い」

そう呟いたのは、艦長だ。

「第二惑星の地上の様子は分かるかな？」

艦長の言葉に、レティがおずおずと答えた。

「はい……ある程度、ですけども」

「戦闘が行われている形跡はあるか？」

「ありません……エフィドルグと戦っているとすれば、かなり大規模な暗号通信が飛び交っているはずですが、それがありません。また、光学的観測でも、爆発の閃光や煙は見受けられません」

その報告に艦長は頷き、次いでソフィに顔を向けた。

「エフィドルグに敗れた星がどうなるか、説明してくれるかな」

可愛い孫娘に学校の様子を聞いているかのように艦長はソフィに尋ねた。受けたソフィも微笑を浮かべて頷いた。どうやら、二人は同じ結論に至っているようだ。

「エフィドルグは征服した惑星の資源とインフラを使って、他の星を征服するための船を造り続けます。ここで言う資源とは、人も含まれます。そして、星が枯れるまでそれを継続するのです」

ソフィの言葉に、艦長は何度も頷いた。

「彼らが勝ったということだ」

その言葉に、みんながハッとした。

射手座26の人たちは、エフィドルグに打ち勝ったのだ。だから、軌道上に〈枢〉がありながらも、星系内をゆったりと民間船舶が往来しているのだ。そして、何らかの手段で、〈枢〉の制御をエフィドルグから奪ったのだ。

艦長が重々しく宣言した。

「最終減速に入ろうと思う。目的地は、射手座26星系、第二惑星だ。異論はないな?」

会議室の全員が頷いた。

みんな、どこか嬉しそうな顔をしている。

無理もない。長い航海の果てに、エフィドルグに打ち勝った星に辿り着いたのだから。

○

航宙艦〈くろべ〉は、速度を〇・三光速から〇・一光速に下げつつあった。

船はまっすぐ射手座26星系の第二惑星へと向けられてはいるが、万が一に備えて第二惑星を加速スイングバイに使えるベクトルをとっている。

つい最近まで切っていた重力推進機関を再起動したため、船全体をゆっくりとした振動が覆っていた。

今の船の向きは、射手座26星系の第二惑星に向けてお尻を向けている格好だ。

〈くろべ〉の推進方法は、船尾に反重力場を生成して船を押してもらうというものだ。猛烈な重力に船が押されると同時に、前から飛んでくるゴミとか石を船に近づく前に弾き飛ばすという効果もある。亜光速で進む船にとって星間物質はバカにできない存在で、一グラムの石ころでも光速の九割を超える船にとってみれば、広島型原爆の何発分ものエネルギーを秘めた弾丸に変わってしまう。宇宙って怖い。

ラボの壁面に埋め込まれたモニターには、射手座26の恒星に代わって、第二惑星が映っていた。

椅子の背もたれを前に回して、だらしなく緑色の惑星を眺めていた由希奈は、あくびを漏らしていた。

恒星から惑星に代わったところで、代わり映えしないのは同じだ。

「なかなかつかないねえ……」

すぐ後ろに座るソフィは、いつものように振り向きもせず答えた。

「着いてますよ。あと数時間もすれば、第二惑星の光が肉眼で見えるはずです」

「でも、この船って窓ないよね」

「ありませんね」

「あ、宇宙服で外に出ればいいんじゃないかな？」

「重力推進機関が稼働中の船の外に出たらどうなるか、想像したことありますか？」

わたしはちらっと考えて、怖くなったのですぐにやめた。

「ないけど……やめたほうがいいなって思った」

「大人しく仕事をしていてください」

「うーん……」

しかたなく仕事をするふりをする。

第二惑星の膨大な観測データを眺めてみた。

やはり宇宙から地質調査をするのは限界がある。大雑把な「予想」しかできない。

海がないのに緑が豊か。人口は主に水域に集中しており、都市部の外側に耕地が広がり、さらにその外側は原生林が広がっている。ほぼ全土の土壌で推定含水量が多い。大気中の水蒸気が濃密で、地下に蓄えられた水が膨大にあるのだろう。そう、あくまで「だろう」でしかない。

やはり、現地に赴いて自分の足で歩かねば。もしかしたら、巨大地底湖とかあるかもしれない。

それこそ、海のような地底湖が。とても楽しみだ。

「そういえば……メッセージ送ったんだよね？」

〈くろべ〉は最終減速に先駆けて、第二惑星へと共通語でメッセージを発信していたのだ。

内容は「我々は人類という種族であり、エフィドルグと戦う者である。我々の船は、エフィドルグから奪ったものである。共に戦う同志として対話を申し入れる。返答を願う」と言う立場を明確にしつつも簡単なものだ。

ソフィは事もなげに答えた。

「ええ」

「返事はまだないのかな?」

「第二惑星に電波が到達して、数時間しか経っていないはずです。地球のように惑星上にいくつもの国家があった場合、おいそれと返答はできないでしょう」

「それもそうだね」

地球だって、エフィドルグからの通信に誰も返事をしなかった、というか、できなかった。どの国家も地球の代表であると手を上げるわけにはいかなかったし、そもそも意見がまとまらなかったからだ。

相変わらずモニターの片隅に、艦橋の様子が映し出されていたけど、そちらも静かなものだった。

椅子の背もたれに顎を乗せ、再びあくびを漏らしたときだった。艦橋がにわかにざわついた。

「強力な重力波を感知!」

レーダー手が叫んだ。実際は、電波式のレーダーだけでなく、重力波の観測も行っているので、レーダー手と呼ぶのも変な感じだけど、船乗りにはレーダー手と呼ぶほうが馴染むのだろう。

「場所は？」とは副長の声だ。

「それが……第三惑星の近く……約百五十光秒離れた位置です」

「第三惑星……？」副長が怪訝な声をあげた。

わたしはそれを聞いて、すかさず射手座26の星系図を呼び出した。

射手座26星系は、惑星が四つしかない。ホットジュピターの第一惑星。緑豊かな第二惑星。木星よりも巨大なガス惑星である第三惑星。そして、遥かに離れた軌道を回る凍てついた第四惑星だ。

第三惑星は、太陽系でいうと太陽から土星ぐらいの距離を回る惑星だ。第三惑星の軌道にはいくつもの軌道施設が周回しており、何隻もの民間の貨物船らしき船が往来していた。たぶん、ヘリウムか水素の採取プラントなのだろう。

その第三惑星から百五十光秒ということは、四千五百万km離れた場所だ。もう近いんだか、遠いんだかよく分からない。

「今まで反応がなかったんだな？」と副長。

「ありませんでした。突然、重力波が発生したとしか……」

レーダー手も困惑しているようだ。

「映像、取れるか？」上泉艦長がレーダー手に尋ねた。

「やってみます……」

緊迫した艦橋の様子に見入っていたわたしの肩を、ソフィが軽く叩いた。

「ブリッジに行きましょう」

「は……え？　艦橋？」

「ええ」

そう言いながら、ソフィはラボを出ていった。

わたしは慌ててソフィの後に続いた。


艦橋は先ほど見た映像と同じように緊迫していた。

途中で合流した茂住さんと連れ立って艦橋に入ったわたしは、同じようにやってきていたハウゼンの背中にぶつかってしまった。

「あ、ごめんなさい」

「おや、あなた方もいらしたんですね」

ソフィは無言で頷き、茂住さんがハウゼンに答えた。

「ええ。何やら胸騒ぎがしましてね。もしかしたら、我々の知識が必要になるやもしれぬ、と」

「エフィドルグの臭いを感じた、ということかな？」

いつのまにか傍らに上泉艦長が立っていた。

「黒部の生き残り四人がそろってここにやってきた。なかなかの嗅覚だ。だからこそ、地球は救われたのだと改めて思うよ」

ハウゼンが肩をすくめた。

「随分と抽象的な仰りようですが、エフィドルグが現れたのですね？」

艦長は重く頷いた。

「見てくれ……」

艦長が指し示したモニターに、黒いヒトデを思わせるシルエットが映し出されていた。

見間違いようがない。エフィドルグの船だ。

ソフィの表情が厳しいものへと変わった。

「突然湧き出たということはないでしょう。見過ごしていた、ということですね」

艦長が唸った。

「無音潜航だ……」

聞きなれない言葉だった。というか、知らない。

「無音……ですか？」

わたしの疑問に、茂住さんがすかさず助け舟を出してくれた。

「潜水艦が音を立てず、潮の流れにのって移動しているということです」

「私たちがこの星系に近づくときに使った手ですよ」とソフィ。

艦長が感心したように、わたしたちを見渡した。

「その通りだ。さすがに君たちは察しがいいな」

微妙な気分になった。

わたしは何も言ってませんけども……。

「あのエフィドルグ船は、慣性航法で獲物に近づき、獲物が逃げられない近くまで来たところで襲い掛かったのだ」

エフィドルグの船に襲われたらしい貨物船が、デブリをまき散らしながら宇宙を漂っていた。船の形を保ってはいるけども、船尾が大きく損傷していた。その船は、間近で強力な重力推進機関が稼働したためだろう、猛烈な速度で第三惑星の方向へと流されていた。

重力推進機関の弱点ともいえる性質だ。反重力場を生成するために、近くにある何でもかんでもを問答無用で押し出してしまうのだ。

「獲物に致命傷を負わせた後、脇目もふらずに離脱している」

モニターに映し出されたエフィドルグ船の予想航路は、第三惑星の後ろをかすめ星系の外へと延びていた。

「ご丁寧に、第三惑星で加速スイングバイをかけるつもりのようだ。加速力はこの船と同じだ。今この星系であの船に追いつける船は存在しないだろう。しかし……こんな芸当を見せられたのは何十年ぶりかな。海自の潜水艦乗りも相当なものだったが、ここまで鮮やかに船を操る艦長は滅多にいなかった」

　どこか遠い目をして語っていた艦長は、再びわたしたちを見渡した。

「君たちが戦ったエフィドルグは、こんな戦術を使うような奴らだったか？」

「いいえ」と、ソフィが即答した。

「地球を襲ったエフィドルグは、どこかいびつな所がありました。人格形成に、日本の戦国時代のデータを使ったからかもしれませんが、力押しの上に慢心をしているようでした。ですが、エフィドルグは現地の文明を基にしたクローンを作り出します」

　艦長はソフィの言葉に頷いて、

「攻める相手に応じて変化するということだな。今度の相手は、宇宙時代に適応したエフィドルグというわけだ」

　茂住さんが艦長の言葉に頷きつつ、後を続けた。

「その認識で間違いないかと。それと、この星系とエフィドルグの力関係が分かりませんが、あのエフィドルグ船は通商破壊作戦を行っているように見えます」

　艦長が頷いた。

「私も同じ考えだ。少なくともこの星系には、一隻では勝てない戦力があると考えていいだろう」

「ですが、哨戒網を張れるほどの戦力はない」とソフィ。

艦長は渋い顔で頷く。

わたしは、あまり得意ではないジャンルの会話に参加しないという作戦をとっていた。でも、なんだか嫌な感じだ。この星系は、エフィドルグに打ち勝ったとはいえ、その脅威を完全に振り払えてはいないのだ。

「艦長、エフィドルグに襲われた船が、救援要請を出しているようです」

副長が通信手の隣に立って声をあげた。

今気づいたけど、通信手の隣にレティとリディくんが陣取っていた。

ハウゼンがレティに問うた。

「ゴンザレスさん、内容は分かりますか?」

「へは⁉ は、はい!」

レティをゴンザレスさんと呼ぶのはハウゼンだけだ。あまりに呼ばれないものだから、レティは自分の苗字がゴンザレスであるということを半ば忘れているふしがある。

「リディくんのおかげですぐに翻訳できました」

隣に立つリディくんが鼻も高々にピポピポ言っている。

「地球風に言うなら、メーデーを連呼してます。あと、このままだと、第三惑星に落っこちると」

その言葉を聞いた全員が、艦長を見つめた。

　船のクルーは慌てて艦長から視線を逸らしたけども、それは軍艦乗り時代の習い性なのだろう。むやみに艦長を見るべきではない。睨まれたらろくなことにならない、というやつだ。もっとも、〈くろべ〉の艦長さんは船の全員にぶっちゃけた話をしてしまうような人だ。そんなことは気にもしないだろう。

　みんなの視線を受けて、艦長は笑みを浮かべた。

「今度こそ助けられそうだな、副長？」

　そう言われた副長は、「はい！」と笑みを浮かべて答えた。

　ブリッジにいるクルー全員の空気が変わった。

　艦長はハウゼンに問うた。

「ハウゼン博士、我々があの船を助けることは、この星系の人々に明確なメッセージとなるはずです。問題はありませんね？」

「これ以上ないメッセージとなるでしょう」

　頷いた艦長が大きな声で宣言した。

「これより本艦は、エフィドルグに襲撃を受けた船の救助に向かう！」

○

由希奈はマナタのコクピットで、助けるべき漂流船を見つめていた。

〈くろべ〉は最大加速で射手座26星系を疾走していた。地球の重力換算で約十倍の力に背を押された船は、みるみる速度を上げている。

今はまだ途方もない距離が離れてはいるけど、何もない宇宙空間だとその姿をくっきりと見ることができる。船はデブリもろともゆっくりと回転しながら宇宙を漂っていた。その行く手には、巨大なガス惑星である第三惑星のぼんやりとした光が見えている。

正面モニターの一角にソフィの顔が映った。

ソフィも自分の機体で待機しているのだ。

「由希奈、まだ時間はありますし、あなたの出番は来ないかもしれません。今のうちに休んでおくのも大事ですよ」

「ううん。みんなが頑張ってるのにわたしだけ休むわけにはいかないよ。それに、マナの教育もしたいし。大丈夫」

「……わかりました」

ソフィは何か言いたそうに口を開きかけたが、何も言わずに通信を切った。

溜息を洩らしながら、両腕をセンターコンソールの上に投げ出して顔を預ける。

ソフィに言ったことが全部じゃない。

自分だけ休む気がしないのは本当。マナの教育というのは、言葉のあやだ。ただ一人でぼんやりとするのもつまらないから、話し相手になってほしいだけ。

「本当は、パイロットスーツで船内にいたくないのですよね」とマナが言った。

センターコンソールに突っ伏したままマナにぼやく。

「それって、漏れてた？　それとも予想？」

「予想というか、由希奈が以前、あまりパイロットスーツが好きではないと言っていましたから」

この子は、物覚えが良すぎて困る。

間違いではない。パイロットスーツはあまり、どころかかなり気に入っていない。体の線が出すぎなのだ。基本的なシルエットは、クロムクロに乗っていた頃に着ていたものと大して変わっていない。それに最近色々なところがきつくなってきていた。出るべきところが出るだけなら留飲も下がるのだけど、出なくていいところまで出てきた気がする。これは由々しき事態だ。最近、ロードワークやトレーニングをさぼり気味なのがボディブローのように効いてきたのだろう。

「射手座*x1*に着く前に痩せないといけませんね」

「……わたしの心の叫びを代弁しなくていいからね？」

「それは私の楽しみの五〇％が奪われることになります」

声を出して笑った。

「マナの楽しみがそんなことだったなんて、わたしはまったく気づかなかったよ。どうしてこんな子になっちゃったんだろうねえ。お姉さんは悲しいよ」

笑いつつもわたしは驚いていた。まさか、人工知能が「楽しみ」を言い出すとは思いもよらなかった。やはり、グロングルに搭載されている戦術システムは怖いものだ。

「得てして子供は親の希望を裏切るものです」

「……そんな言葉どこで覚えてきたの？」

「ライブラリの映像情報から入手しました」

ああ、そうだった。マナの教育によかれと思って、〈くろべ〉の娯楽ライブラリに接続したんだった。

「教育上よろしくないものはブラックリスト化しないとダメかもしれないなあ」

半ば独り言のように呟く。

「それは、人類の生殖行為を記録したものでしょうか？　それとも人類以外の種族を虐殺する映像でしょうか？　どちらも人類の一般的倫理観に照らし合わせると、好ましくないという判定がなされていますが、私にはその理由が分かりません。それに、どうして好ましくないとされている映像が大量にあるのでしょう？」

我が耳を疑った。

「は⁉　せ、せいしょく……？　ちょっとまって、どうしてそんなのがあるの？　わたし見たことないんだけど!?」

　マナは不思議そうな声色で答えた。

「由希奈は見たことがないのですか?」

「ないないない！　てか、どこにあったの！」

「娯楽ライブラリです」

　と言ったマナがすぐに答えを見つけたようだ。

「分かりました。女性ＩＤでは見ることができないようになっています。それと、もう一つ条件付けがなされています。特に人類の生殖行為を記録したものは、宙兵隊員と艦載機パイロットのみというものです」

　納得しつつも頭を抱えた。トムの顔がちらりと脳裏をよぎった。

「……どうしてマナは見れるわけ?」

「私には性別設定がなされていませんし、所属は艦載機パイロットです」

「ああ、そうだったー！」

　明らかに自分のミスだ。でも、よもやこんな形で自分に返ってくるとは想像だにしなかった。

「マナの性別設定は、女性！　女子だからね、女子！　分かった?」

「……設定完了しました。でも少し残念です。楽しみの一二・五%が失われてしまいました」

「残りの楽しみはどんなことなの……?」

「もちろん、娯楽ライブラリです」

わたしは心底後悔した。

安易に娯楽ライブラリになど繋がなければよかった。

ふとわたしはマナに聞いてみたくなった。聞かないほうがいいと心のどこかが叫んでいるけども、その声は好奇心に負けてしまった。

「マナのお気に入りって何？」

マナが笑ったような気がした。

「侍ナインです」

やはり、教育を間違えたようだ。

不意に体が浮いたような気がした。〈くろべ〉が向きを変えたのかもしれない。

正面モニターにソフィの顔が映った。

「第一段階の最終局面に入りました。各員は発進に備えてください」

身を起こしてマナに訊く。

「マナ、準備は？」

「すべて問題なしです。現在の進捗状況に誤差はありません」

救出作戦の詳細はすでに入力してあるし、マナがその気になれば船から直接データを入手できる。それに、マナとリディくんは相性がいいようで、ほぼタイムラグなしでリディくんから情報を得られる。元々お互いがエフィドルグ出身だ。話は早いのだろう。

作戦の第一段階は、漂流船の進行方向に〈くろべ〉を先回りさせ、〈くろべ〉の重力推進機関で速度を落とすことだ。合わせて、漂流船には「エフィドルグと戦う、違う星からやってきた仲間である。これより救助に向かう」と言う通信を継続的に流し続ける。

第二段階は、速度がある程度落ちたところでガウス六機による進路の微調整と、最終減速だ。〈くろべ〉は大きすぎて、細かな調整が難しいためだ。

第三段階で、漂流船に救命装置を取り付けて船内に取り残された人たちの救出だ。救命装置の空気バランスは、漂流船の空気を採取した上で最終調整をすることになっている。人類と大した違いはない、とハウゼンは予想しているようだった。ゼルさんだって、地球で普通に息してたし大丈夫だろう。

作戦が順調に推移すれば、わたしがマナタで出ることはない。

まんまエフィドルグのグロングルであるマナタを見せることが躊躇《ちゅうちょ》されたからだ。とはいえ、マナタの重力制御能力はガウスと比べて、頭一つどころか八つぐらい抜けている。なので、ガウスで対処しきれなくなった場合の保険だ。

センターコンソールから音が鳴り、マナが注意を促した。

「第二惑星から、大型船が二隻、漂流船に向かっていることが確認されました」

モニターの一角に〈くろべ〉のセンサーが捉えた二隻の宇宙船の姿が映し出された。どことなく〈くろべ〉に似ている気がするが、かなりずんぐりとした形をしている。

二隻のずんぐりとした船の予想航路が表示された。第二惑星でスイングバイ加速をして、こちらに向かってくるベクトルだ。居住惑星の軌道上で重力推進機関を全開にするわけにもいかないのだろう。

「この二隻の船って、どこから出てきたの？」

「今まで探知できなかったのは、宇宙港の構造物と思われていたためです」とマナが言って、正面スクリーンに第二惑星の軌道上に浮かぶ現在の宇宙港の映像が映った。

最初に発見されたときは砂時計のような上下に膨らんだ形をしていたのだが、今は膨らみがなくなっていた。上下の膨らみが船だったのだ。だとすれば、こちらに向かっている二隻の船の大きさは〈くろべ〉と大差ない。一キロサイズの大型船だ。

二隻の予想航路を見て、ふと気づいた。

「この二隻の船って、間に合わないよね……？」

マナはすぐさま答えた。

「間に合いません。測定された重力波からの推測ですが、推進力は〈くろべ〉と同程度と思われます。漂流している船は、襲撃された時点で第二惑星からは遠すぎました。第三惑星の重力に捕まる前に接触することは不可能です」

「やっぱり、わたしたちが助けるしかないね」

「接近中の二隻の船が、私たちを攻撃するつもりでないのなら、助けるべきでしょう」

「……〈くろべ〉を攻撃するかもしれないってこと？」

「その可能性は否定できません。彼らは我々の呼びかけに一切の返答をしていません」

そうだった。第二惑星から、こちらの呼びかけに対する応答はなかったのだ。

だからこそ、エフィドルグに襲われて漂流する船を助ける必要がある。

行動で示すのだ。敵ではないと。

○

航宙艦〈くろべ〉から、ガウス六機が一斉に発進した。

ソフィ・ノエルはシートの背もたれに体を押し付けられながらも、機体の各部に目を走らせた。

亜光速航行中はガウスを本格稼働させていなかったからだ。実に一年以上のブランクがある。それでも異常は何一つ検出されず、整備班の不断の努力をうかがわせた。

〈くろべ〉には黒部研究所で試験をしていた重力式マスドライバーの改良型が六門装備されている。「門」というのは、大砲扱いだからだ。大砲でもあり、ガウスを射出するカタパルトでもある。重力式の利点は、筒の中に納まれば何でも射出できることだ。とはいえ、射出時に強い重力がかかるので、柔らかいものだとぺしゃんこになってしまう。

ガウスの慣性制御機構《イナーシャルキャンセラー》が唸りをあげて強烈な慣性を相殺する。

一瞬で真っ暗な宇宙空間に放り出された機体をぐるりと回転させ、重力スラスターの出力を調整しつつ、遠ざかっていく〈くろべ〉のシルエットを見つめる。

太陽系ではガウスで何度か〈くろべ〉を離れたことはあったが、太陽系を出てからは初めてだ。青白い射手座26の光を受けた〈くろべ〉の船体が白く輝いている。

私はしばし〈くろべ〉の白い船体を見つめていた。

――思えば遠くへ来たものだ。

ふと思い出されたフレーズは、日本の詩人のものだったか。

侍に憧れ、日本にやってきて、本物の侍に出会った。

その侍は『葉隠《はがくれ》』を知らなかった。まさか、と思った。だが、すぐに理解した。時代が違うのだ。あの侍は『葉隠』が成立する前の時代に生きていたのだから。

そして、その侍は己の信念に侍《さぶら》い、星の彼方へと旅立った。

彼らが旅立った瞬間、自分の中の後悔に気づいた。正直、悔しかった。否、己の弱さに腹が立った、というほうが正確だろう。

私は最後の決定的瞬間に、躊躇してしまったのだ。ゼルの言葉は正しい。ゼルの信念に基づけば、年端もゆかぬ小娘を未知の宇宙に連れていくことなど言語道断であったろう。だが、己の信念はどうだったろう。

結論はとっくに出ていた。

――私は、私の信念に侍うことができなかったのだ。

対して、由希奈は最後の瞬間まで、剣之介と共に行くことを貫こうとした。トムに引き剥がされなければ、あのまま〈枢〉を抜けていただろう。

由希奈を地球に連れ戻したトムの気持ちも分かる。十七歳の少女のまま、未知の宇宙へと旅立つのは無謀だと考えたのだろう。一時の熱病のようなものだと捉えてもいたのだろう。

トムはあれで性根の優しい仲間思いの男だ。地獄のように口が悪いのは、日本語の教材を間違えたからだ。たぶん。

あのとき、自分は由希奈に負けたと確信した。

エフィドルグがやってくる前、学園生活を送っていた頃は、「所長の娘」という但し書きがついた十把一絡げ《じっぱひとから》げの存在であった。そんな顔すらおぼろげであった存在が、アーティファクトに選ばれ、剣之介に選ばれた。

「運命」というものがあるのなら、恨み言の一つも言ってやりたくなった。

だが、選ばれた由希奈にしても、楽な「運命」ではなかったのだ。何度となく命の危険にさらされた。剣之介の力添えがあったにしても、普通の女性なら逃げ出しても仕方のないほどに過酷なものだったのだ。それでも由希奈は折れなかった。最後まで生き残り、世界を動かして、航宙艦〈くろべ〉が銀河の旅に出る原動力となった。

いつしか、十把一絡げの所長の娘は、白羽由希奈となり、ライバルを経て、先駆者となった。

今は由希奈の背中をそっと押してやるだけでいい。いつしか剣之介に出会えたとき、少しばかりの悪戯心を働かせよう。それが私の小さな希望だ。

そして、今度こそ侍になる。己の信念に侍うのだ。

「全機、滞りなく射出完了いたしました」

セバスチャンの低いよく通る声が聞こえた。

小さく深呼吸をして、背筋を伸ばす。

「各機、隊形を維持して最大加速で目標に接近せよ」

ガウスの背中に装着された重力スラスターが自動的に出力を調整し、全機と協調して隊形を維持したまま速度を上げ始める。

六機のガウスが円陣を組んで数百km先を漂流する船に向かっていた。

私は自機の状態をチェックしながら、慣れ親しんだコンソールを撫でる。

ガウスに乗って何年が過ぎたろう。

フランスでのガウスパイロット選定トライアルを勝ち抜き、日本にやってきたことが遠い昔のことのように感じる。

そういえば、セバスチャンとの付き合いもガウスと同じ長さだ。

係累も知人もいない極東の島国で、右も左も分からぬ小娘の世話係として任命された自衛隊の士官だった。最初はあの熊のような風貌に恐れを抱いたものだった。実際は、執事としてとても有能な熊さんだったわけだが。

小さな笑みが漏れた。

「どうかなさいましたか、お嬢様？」と二号機のセバスチャンからの通信が入った。

さすがはセバスチャン。主人のわずかな息遣いすら聞き逃さない。

「いいえ。あなたとガウスに幸あれ、と思っただけです」

「もったいないお言葉でございます」

そのやり取りを聞いていた他のパイロットたちが笑い声をあげた。

「セバスチャンだけっすか、お嬢様？」とは三号機のロイだ。

はすっぱな物言いをするドイツ人だが、腕は確かだ。エフィドルグのスパイダーに蹂躙されたケールの街の出身だ。年齢でいえば私の次に若い。だが、その瞳には言い知れぬ悲しみが宿っていることをみんなは知っている。

そんなロイだが、〈くろべ〉の出航前、私がガウス部隊長に就任することに頑なに異を唱えていた。もっとも、実力で理解させてからは、むしろ私の支持者に回った気配がある。

「まだ早いですね。あなたたちはまだまだガウスの部品から抜け出せていません。私から祝福を得たいのなら、実戦でパイロットとしての価値を示してもらわないと」

「こいつは厳しいや」とロイが言うと、他のパイロットたちがどっと笑った。

笑い声を遮るように警告音がコクピットに響いた。

正面モニターに、漂流船の姿が映し出された。

百㎞も離れているため、等倍の映像だと星の光と見分けがつかない程度の光だ。

〈くろべ〉から送られてくる詳細なデータを拡大していくと、薄いもやに包まれた楕円形をした船体のシルエットがはっきりと見えてきた。もやに見えるのは船を取り巻くデブリだろう。AIが画像補正をしていくと、次第に詳細が明らかになってきた。

楕円形をした船体の後方が、酷く損傷している。重力加速船特有の軟体動物の足のような張り出しが一つしか残っていない。推進機関は完全に停止している様子で、船が緩やかに旋回していた。

作戦通りに指示を出す。

「……五十㎞を切った時点で減速を開始。相対速度を合わせる」

今のところ状況に誤差はない。

全員から「了解」の声が返ってきた。

「デブリとの接触に注意。大きなものは押し出してもかまいません」

あっという間に五十㎞のラインを超えた。

六機のガウスは重力スラスターが展開する重力場を逆転させ、減速を開始した。

　ついさっきまで、光の点でしかなかった漂流船が、みるみる大きくなってきた。

〈くろべ〉に比べると随分と小さい船だった。とはいえ、三百mはあるであろう船体はガウスと比べれば十分に大きい。

　間近まで接近したことで、遠くからの観測では把握しきれなかったデブリの状態がはっきりとしてきた。

　大きさこそ観測結果と変わらなかったものの、状態が厄介だった。コンテナと思しき球状のデブリが漂流船のすぐ脇でかなりの速度で回っている。ガウスの手で押し出すには相手が大きすぎるし、下手に触れようものならガウスの繊細な手などあっという間に削り取ってしまうだろう。

　即座に指示を出した。

「二号機、三号機。あのデブリの側面に回り、重力スラスターで押し出してください」

　セバスチャンの乗る二号機と、ロイの乗る三号機が、腕を組んで球状デブリの後ろへと回り込んだ。

　背中の重力スラスターが展開すると同時に、球状デブリが船体から離れていった。そして当然のように、背中に受けた重力に押されて、二号機と三号機も船から離れていったが、腕を組んだまままくるりと反転して、すぐさま元の位置へと戻ってきた。

「お見事です」

と私が言うと、パイロットたちが「お似合いだな、お前たち」とはやし立てた。

「どうせなら、一号機とやりたかったぜ」とロイ。

「まずは私を倒してから、でございますね」とセバスチャンが返すと、ロイは「宇宙でやるなら半々ってとこだな」とうそぶいた。

「船に戻ってからいくらでもやり合ってください」

各機の状況と漂流船の状態を確認し、問題がないことを確認する。

「全機、所定の位置についてください」

先ほどまで軽口を飛ばし合っていたガウスが一斉に漂流船の後ろへと取り付き始めた。

ほどよい緊張感が保たれている。状況の進捗に問題はない。

〈くろべ〉との通信チャンネルを開く。

「ガウスリーダーより〈くろべ〉、第二段階の最終フェーズに入ります。船内からの応答はありませんか?」

〈くろべ〉の通信手からの応答はすぐに返ってきた。通信にタイムラグが出るほどの距離ではない。

「こちら〈くろべ〉。たった今応答があったようだ……担当者にかわる」

正面モニターに、レティの顔が映った。すぐ後ろにリディも立っているのだろう、青いボディが見える。

「えっと、ソフィさん？　漂流船と通信が確立できました」

「友好的に接触できそうですか？」

レティは異星人との通信という状況に興奮しているのだろう。頬が上気していた。

「はい！　共通語でいくつかやり取りができました。リディくんのおかげでほぼ同時通訳可能です」

「内容を教えていただけますか」

「あ、そうでしたね……今から読み上げますね。遠い星からやってきた兄弟に感謝を。こちらの船は機関が全損して姿勢制御すらできない。君たちの『着ぐるみ』は見えている」

聞き慣れない言葉だった。

「着ぐるみ……？」

「どうやら、彼らはジオフレームのことを、着ぐるみと呼んでいるようです」

「なかなかユーモアのある人たちのようですね」

「はい。とっても興味深いです。言葉の成立には、その民族の歴史的背景が大きく関与します。是非とも第二惑星に赴いて、フィールドワークをしてみたいですね！」

熱く語り出したレティに半ば辟易した私は、やんわりと軌道修正をした。

「……他にはありませんか？」

「あ、はい。こちらの救出プランはすでに伝えてあります。概ね了解ということでしたが……

そんな細い腕で大木を押し返せるのか心配だが、君たちに任せるしかない、というようなことを言ってました」

なかなか面白い表現をする異星人のようだ。

「それで……映像はないのですか？」

「ありません。フォーマットが分からないもので……今のところ、特に問題にはなっていませんから、後回しになってます。でも、リディくんがすぐに解析してくれると思います」

「了解。それでは、これより第二段階の最終フェーズ、ガウスによる減速を実行します。よろしいですね？」

今まで話を聞いていたのであろう上泉艦長が即座に応じた。

「許可する」

〈くろべ〉との通信チャンネルを閉じ、すぐさま部隊に通達した。

「これより減速作業を開始する。全機、重力スラスターの出力を同期せよ。プライマリーリンクは一号機、セカンダリリンクは二号機」

数秒後に、全機体から「同期完了」の報告があがってきた。

「減速開始」

私の掛け声と同時に、六機のガウスが一斉に重力スラスターを展開した。

機体のストレス値がみるみる上がっていく。

事前の計算では、ガウスの関節負荷の許容値ギリギリといったところだった。

ガウスの軋みとも、押された船の軋みともとれる振動がコクピットに伝わってきた。

時間と共に、漂流船の速度が下がってきた。このまま減速できれば第三惑星の重力圏に捕まる前に救出作業ができるだけの時間を稼げる。

「……状況報告」

静かに問うと、各機から報告があがってきた。

「船の構造材が想定より脆かったので、姿勢を変えてしのいでます。ですが、このままいけそうです」と五号機のクリスが答えた。

五号機の状態を見ると、船体の後ろにガウスを土下座させたような恰好で取り付いていた。なるほど、接触面積を増やして力を分散しているのだ。なかなかの機転だ。

「五号機、結構です。そのまま維持してください」

どの機体も損傷を示す兆候はない。押されている船体も崩壊の危険はなさそうだ。

微かに安堵したときだった。突然モニターが閃光に覆われ、次いで振動と共に細かなデブリが機体に当たるカン高い音が聞こえてきた。

「！……何があったのです⁉」

私の叫びと同時に、「ロイ！」と言う叫び声が聞こえた。

三号機が担当していた場所から、炎と黒煙が噴き上がっていた。

そして、三号機は投げ捨てられた人形のように、回転しながら船から遠ざかっていた。

○

「マナ、発進準備！」

わたしはマナタのコクピットで背筋を伸ばした。

マナの不思議そうな声が返ってきた。

「その命令は出されていませんが？」

やはり賢いとはいえ、ＡＩなのだ。

正面モニターに、くるくると回りながら漂流船から離れていくガウス三号機を見つめながら、気を引き締めた。

ソフィたちは漂流船から手を離せない。〈くろべ〉から残りのガウスを出撃させるにしても、すごい勢いで遠ざかっていく三号機に追い着くのは時間がかかる。〈くろべ〉自体も救出作業があるので動かせない。となれば、自分がいくしかない。マナタの性能ならすぐに追いつける。

「たぶん、すぐ出るよ」

「了解しました。ゼロＧ環境への最適化は完了しています。ですが、酸素残量が五〇％しかありません。呼吸限界は九百時間です」

　この辺はやはりグロングルだ。

　九百時間もコクピットに座っていられるわけがない。そう考えると、二ヵ月もグロングルのコクピットに座っていたと言っていたムエッタは大したものだ。というか、エフィドルグがブラックすぎて怖い。

「問題なっし。そんなに時間かからないから」

「はい」

「三号機の状態って、分かる？」

　数秒後にマナが答えた。

「パイロットのバイタルは正常。脳波は非常に安定しています」

「うーん……？　それって、もしかして気絶してるってこと？」

「はい。気絶しています」

「それを最初に言えっての……機体の損傷は？」

「両腕は完全に破壊。両脚のアクチュエータが機能の五〇％を失っています。重力スラスターは二五％の稼働率です」

「うわ……ぼろぼろじゃん。よくパイロットが無事だったね」

「バイタルパートには、エフィドルグ船の外殻が使われています。エフィドルグの超振動ブレード以外では貫通するのは難しいと思われます」

「そっか、よかった」

ガウスは地球で戦っていた頃と比べて、格段に進化していた。

〈くろべ〉に積まれているガウスは、正確には『ガウス・マーク4』だ。

エフィドルグの襲撃以降、加速度的に改良が繰り返された結果だ。

改良にあたって、わたしやソフィの助言が大いに参考にされた。とはいえ、限りある重力制御機構を使いまわす都合上、グロングルに匹敵するほどの強化はできなかった。そういう意味で言うなら、割り切ったというべきだろうか。

エフィドルグの超振動ブレードには生半可な装甲は無意味ということで、装甲は無いに等しい。おかげで手足はとってもスマートになった。

ハード的には大した進歩はない。ナノマシン装甲と重力制御機構は人類の手で生産できないからだ。ただ、劇的な軽量化と、マナタの解析から得られた操縦系統のブレイクスルーにより、機動性と操縦性に関しては大幅な向上を果たせた。

そして、今マナから聞いた新事実。コクピットはひっぺがしたエフィドルグ船の装甲板が使われていたのだ。あの大量の装甲板はどこへ持っていったんだろうと思っていたけど、まさかガウスに使われていたなんて。そういえば戦闘指揮所も頑丈だと言っていたから、そこにも使っているのだろう。

それにしてもと思った。

「ガウスも重力シールド、持ってるよね？」

グロングルにはかなわないとはいえ、デブリ程度なら弾き飛ばせるだけの性能はあるはずだ。

「はい、ですが今回のケースは少々特殊なようです。爆発時に観測したスペクトルから、漂流船が運んでいた物は水素です。その水素と船内から漏れた酸素が混ざり合い、ガウスが押したことによって火花が散り、爆発を起こしたと考えられます。爆発は三号機のまさに真下で起こりました。あの距離では重力シールドは作動しません」

そうだった。重力シールドは近すぎるものには対処できないのだ。

「由希奈、お願いです、三号機を助けてください！」

ソフィの切羽詰まった声が聞こえてきた。さすがに仲間が意識不明で宇宙に放り出されたとあってはクレバーではいられないか。

「任せて。てか、いいですよね、艦長？」

艦橋で副長やハウゼンと話し合っていた上泉艦長が振り向いた。

「行ってくれ……いいですね、ハウゼン博士」

艦長の隣でぶつぶつ言っていたハウゼンが、観念したように頷いた。

「仕方ありませんねぇ。エフィドルグそのままのものはあまり見せたくはなかったのですが……」

わたしはハウゼンの返答を待たず、マナタを射出デッキへと移動させた。

マスドライバーのチャンバールームへマナタを入れ、射出ケージに取り付いて艦橋の砲術士官に報告を行う。

「こちらマナタ。位置につきました。射出願います」

「了解。射出準備に入る」

「あ、そうだ。射出速度は、ガウスの五倍でお願いします」

一瞬、怪訝な顔をした砲術士官だったが、すぐに理解したようだった。

「ん……そうか、マナタだったか。腰抜かすなよ」

と言って、砲術士官はニッと笑った。

「マナ、準備できてる？」

「はい。私は十倍でも平気ですけど……」

控えめに五倍と言ったことで、マナの自尊心を少々傷つけてしまったようだ。

「生意気言ってんじゃないの」

わたしの言葉が終わらぬうちに、マナタは漆黒の宇宙へと撃ち出された。

「ひえっ！」

○

ソフィは三号機の抜けた穴をなんとか埋め合わせようとしていた。

六機でバランス良く分担していたガウスを五機で再配置した。姿勢の不安定な五号機を動かさず、残りの四機を移動させる。

しかし、バランスは保てたものの、絶対的な推力が足らない。

「……由希奈に期待するしかありませんね」

私の不安を感じ取ったのだろう、セバスチャンが落ち着いた声で答えた。

「大丈夫ですよ、お嬢様。由希奈さんなら、すぐにロイを引っ張ってきてくれます」

セバスチャンの言葉に頷きを返す。

高校時代の由希奈は、学校の成績はずたぼろではあったが、大事な局面ほどミスをしなかった。たぶん、集中力の問題なのだろう。剣之介がいなくなってからの由希奈はそれこそ集中しっぱなしだった。驚くほどの吸収力で、苦手教科を克服していった。

自分にあれほどの集中力があるだろうか。もし、重大な局面で何かミスをしてしまい、仲間を失うようなことがなければいいのだが。

頭を振って、ネガティブな思考を追い払った。

良くない状況で指揮官が後ろ向きでは、助かるものも助からない。

先ほど〈くろべ〉のマスドライバーから、マナタが射出されていた。グロングルだけあって、射出速度に遠慮がない。あれならすぐに三号機に追いつけるだろう。

こちらはこちらで、やれることをやらなければ。

〈くろべ〉と通信回線を開き、気になっていることをレティに訊いた。

「レティさん、漂流船の様子はどうですか?」

レティはしきりに誰かと話している様子で、こちらの声に反応するのが遅れた。

「……あ、はい、ソフィさん、ちょっとややこしいことになってます」

「ややこしい?」

嫌な予感がする。

「実は、先ほどの爆発が、こちらが攻撃したのではないかと騒いでいる人がいるらしくて……」

「爆発の原因は何だったのです?」

「彼らからは何も。ただ、リディくんとマナの解析によると、積み荷の水素と船から漏れた酸素が爆発したんだろうって」

なるほど。押した衝撃で火花が散ったのだろう。

三号機のあり様を考えれば、納得ができた。手元で爆発が起こったのだ。

「こちらの見解は伝えたのですか?」

「はい。向こうの船長は納得してくれています。ただ、クルーや乗客の一部が疑っているみたいです」

どうやら、旅客船と貨物船を兼ねた船だったようだ。

そうなると、意外と中にいる人は多いのかもしれない。

「説得を続けてください。こちらは減速作業を進めます。このことも伝えてください」

レティは表情を引き締めて頷いた。

「はい。頑張ってください！」

大きく息を吐いて、僚機に通信回線を開いた。

「……由希奈がロイを連れ戻すまで、我々はできるだけのことをします。各機は重力スラスターの推力を一〇%上げてください」

「ぎりぎり許容範囲です」と、すぐさまセバスチャンがフォローをしてくれた。

推力を上げると同時に、機体のストレス値がさらに上昇した。

関節の限界を超えている機体もあった。

このまま続ければ、ガウスのほうが先に音を上げる。

正面モニターに赤い警告文が浮かび上がり、ほぼ同時に右側から鈍い音が響いてきた。

右手首が損傷。

構造自体はまだ持っているが、機能は失ったようだ。

そこで自らのミスに気づいた。

部隊全員に五号機のように負荷を分散するよう命令を出すべきだった。

「捕まえたよ～」

由希奈の能天気な声が聞こえてきた。うまく三号機を捕まえてくれたのだろう。上機嫌だ。

安堵の息が漏れる。

「各機、推力を初期値に戻してください。マナタに押してもらいましょう」

スピーカーから、みんなの笑い声が漏れてきた。

「ロイの野郎にゃ、冷えたビールを奢ってもらわんとな」とは五号機のクリスだ。

「私はブルゴーニュのピノ・ノワールにしましょう」

「おっと、そいつは難物だ」とクリスが言うと、みんなが一斉に笑った。

しばらくは何事もなく時間が過ぎていった。

レティによれば、爆発の衝撃で浮足立っていた漂流船の人たちも落ち着きを取り戻したようだった。

このまま由希奈のマナタに押してもらえば、減速は間に合うだろう。

「お待たせ～」

三号機を引っ張ってきたマナタが漂流船に近づいてきた。

「申し訳ありませんでした！」

ロイがコクピットの中で頭を下げていた。

思わず笑みがこぼれる。

「問題ありません。あなたが無事に帰ってこられただけで十分です。由希奈にはお礼を言いましたか？」

「それはもちろんです！　後でオハギなるものを奢れと言われましたが……オハギとは何でしょう？」とロイが不安がっていた。

私はその言葉に便乗した。

「それはいいですね。私にもお萩を奢ってもらいましょう」

「俺達には冷えたビールで、お嬢様は追加でブルゴーニュだそうだ」とクリス。

「んな、無茶な！」

スピーカーに笑い声がこだました。

その笑い声をかき消すように、レティの慌てた声が割り込んできた。

「ソフィさん、何やったんですか⁉」

「……何、とは？　こちらは、特に異常ありませんが」

レティは明らかに取り乱している。

「それが……向こうの船長がかんかんに怒ってて……よくも我らを騙したなって」

「騙す……？　何か行き違いがあったのですか？」

「もう、何が何だか……馬脚を露わしたな、エフィドルグめ。うまく騙せたつもりかもしれんが、グロングルの〝紋〟が見えているぞ。エフィドルグの先兵にされるぐらいなら、我らは死を選ぶ。星々の空に自由を……って、え⁉」

レティも同時通訳されている文章に驚いた様子だった。

どうすべきか迷った。

明らかに向こうは、マナタを見てこちらがエフィドルグだと勘違いしている。

説得すべきか、それとも一度離脱すべきか。

「みんな船から離れて！　今すぐ、最大加速で！」

由希奈の叫びがコクピットに響いた。

○

「間に合わない……」。

わたしの心に絶望が染みわたる。

マナタの正面モニターには、「危険」の赤いお札のようなウィンドウがいくつも表示されている。

忘れようもない。ヒドゥと名乗ったエフィドルグが自爆する際に、クロムクロのコクピットに表示されたものと同じだ。

マナが悲鳴のような声をあげた。

「反物質炉が自爆シークエンスに突入しました。大至急離脱してください！」

この漂流船もエフィドルグと同じ、反物質を燃料とする機関を積んでいたのだ。わたしたちと同じように、エフィドルグから奪ったものかもしれない。

わたしは再び叫ぶ。

「ソフィ、逃げて！」

ソフィはわたしの声に危機的なものを感じたのだろう。漂流船に取り付いていた部隊を引き剥がして、最大加速で離脱をはかっていた。だが、ほぼ停止状態からの加速だ。ほとんど距離を取れていない。

この子なら耐えられるけど、ガウスには無理だ。

「ガウスはわたしの後ろに隠れて！　マナ、全出力を重力シールドに。前方のみに最大出力で展開！」

「……了解」

マナはわたしの意図を理解してくれたようだった。

漂流船から離れる方向に一度だけ加速した後に、前方に重力シールドを展開した。

次の瞬間、目の前の漂流船が眩い光に包まれた。

ああ、この光は見たことがある。嫌な光だ。

正面モニターが白一色に染まり、コクピットが激しい振動に揺さぶられた。

○

剣之介が褌《ふんどし》いっちょうでカレーを食べていた。

「そなたのカレーは三国一だな」

「はいはい。どうでもいいけど、服着なさいよね」

剣之介はカレーを一心不乱に口に運びながらも、軽くむせて慌てて水を飲み干した。

「……汗が吹き出す辛さ故か、水がこれほど美味いと感じたことはなかったぞ」

残りもののカレーを朝からがっつく剣之介に水を継ぎ足してやった。

カレーを食べたのは、昨日の夜が生まれて初めてだろうに、随分と気に入ったようだ。戦国時代は香辛料なんてなかったのかな。

米の一粒すら残さずたいらげた剣之介が汗を垂らしながら笑みを浮かべた。

「由希奈、そなたのカレーも美味いが、俺のカレーも美味いぞ。早く食いにこい」

何を言っているのだろう。早く食いにこいとか、意味わかんない。

「由希奈、由希奈……」

ああ、もう、マナちょっと待ってよ。

剣之介に服を着せないと……。

「由希奈！」

マナタのコクピットで目を覚ました。

瞬時に、先ほどまでの状況を思い出す。

そうだった。漂流船の自爆に巻き込まれたんだった。

「……マナ、どれくらい気を失ってた？」

「十分ほどです。申し訳ありません。慣性制御に分配した出力が低すぎたようです」

「大丈夫だよ、わたしは。それより、マナは大丈夫なの？」

「腕と脚の表面が少し溶けただけです。美味しいものを食べればすぐに回復します」

機体の状態をチェックして気づいた。

腕と脚の損傷に対して、胸部装甲はまったくの無傷だった。

マナが咄嗟に腕と脚で胴体を庇ってくれたのだろう。

「ありがと、マナ……」

正面モニターにソフィの顔が映った。

「由希奈、無事ですか？」

「うん。みんなは大丈夫だった？」

「あなたのおかげでみんな無事です」

「そ、よかった……」

仲間を救えたのはせめてもの慰めだ。でも、あの船に乗っていた人は……。

ハウゼンの懸念が現実のものとなってしまった。

明らかにマナタを見て、態度を豹変させた。それも、見た目というより、何か違うことを言っていたようだ。漂流船の船長は、何と言っていた？

「マナ、〝紋〟って何のことだか分かる？」

「……該当する言葉は見つかりません」

ガウスはともかく、エフィドルグ船を改造した〈くろべ〉には反応を示していなかった。マナタと〈くろべ〉の違いって何だろう。

「リディさんに相談してみたところ、敵味方識別信号であろうという結論に至りました」

初めて聞く言葉に首を傾げる。

「そんなのあったんだ」

「はい。クロムクロや〈くろべ〉の元となった船はゼルさんが書き換えたために、識別信号はエフィドルグのものとは違うものになっているそうです。ですが、私は一度も書き換えをされたことがありません」

「ああ……」

そうだった。マナタはムエッタが使っていたそのままだ。ゼルさんは纏い手を書き換える際に、その識別信号というやつも書き換えていたのだろう。

わたしのせいだ。

そのことに気づけるのは、わたししかいなかったのに。

「あなたのせいではありません」

マナのきっぱりとした物言いに幾分救われた気がするけど、やはり自分の罪悪感は消えてなくなることはなかった。

正面モニターに、上泉艦長の姿が映った。

その表情はかなり硬い。

「……みんな、聞いてくれ。現在、本艦は射手座26星系の大型艦二隻に挟まれつつある」

どきりとした。

「え、ほんと……？」

「はい。〈くろべ〉から一五〇万㎞の地点まで接近しています」

モニターに映し出された俯瞰図は、〈くろべ〉を中心に左右から二隻の船が近づきつつあることを示していた。

「その艦とは通信が確立しているが、状況は厳しいと言わざるを得ない」

と言った後、艦長は小さく溜息をついた。

「私の口から説明するよりも、実際のやり取りを見てもらったほうがいいだろう。白羽くん、君に何ら責任はない。気を落とす必要はない」

艦長は、最後に何を言ったのだろう。漂流船が自爆したことを言っているのだろうか。

艦長の姿が消え、代わりに初めてみる人の姿が映った。

いや、「人類」ではない人だった。

一瞬、人類と見間違えたぐらいだから、かなりのそっくりさんだ。二本の腕、顔には二つの目と一つの鼻と口。顔の両側には耳がついている。顔は髭もじゃで、肌の色は薄い茶色だ。ゼルさん以上に、人類と似ている。

ふと、その顔をどこかで見たことがあると思った。

そうだ、茂住さんだ。黒部研究所を取り返す最後の戦いのとき、死んだと思われていた茂住さんが華麗に舞い戻った時の、あの髭もじゃの顔にそっくりだ。

ただ、縦横比が少々おかしい。限りなく「一」だ。もしかしたら、横幅のほうが広いかもしれない。しかも首がほとんどない。肩幅が恐ろしく広く、電柱のような太い腕をしていた。

「我々はフラヴト」

映像の主は、合成された音声特有の微妙にイントネーションがずれた言葉をしゃべった。たぶん、リディくんが合成したのだろう。

「人類と名乗るエフィドルグに告げる。お前たちに逃げ場はない。降伏するか、ただちに自爆せよ」

驚いた。彼らの中では、わたしたちはエフィドルグなのだ。しかも、降伏か死しか選択肢がない。

しばしの間があって、上泉艦長が答えていた。

こちらに敵対する意思はないこと、船はエフィドルグから奪い改造したものであり、グロングルは奪ったものをそのまま使っていると説明をしていた。

だが、彼らにはグロングルをそのまま使っているということが理解できず、それ故に人類をエフィドルグと断じているようだった。

無理からぬことだと思った。纏い手の書き換えなしに、別の人間が乗れるなんて普通思わない。ずっとエフィドルグと戦っている彼らからすれば、想像すらしないだろう。わたしだって、その異常性を今まさに思い知らされたばかりだ。

今気づいたけど、マナタの左右をガウスが支えていた。漂っていたわたしを船まで運んでくれていたのだ。

すぐそこまで〈くろべ〉の白い船体が近づいている。

ソフィは、敵対する意思がないことを示すため、ガウスを甲板上に立たせるつもりのようだ。

「フラヴトの船から、グロングルらしき機影が多数射出されました」とマナ。

一瞬、どきりとした。

「グロングルなの……？」

「反物質炉を搭載した機体です。反水素の対消滅反応が検出されています。観測された重力波からの予想ですが、出力は私の半分程度です」

マナタの半分。逆に言えば、ガウスより数倍出力が上ということだ。

正面モニターに、フラヴトのグロングルが映し出された。

フラヴトの体形とそっくりだ。正面から見ると正方形に見える。四肢は太く短い。大きな手に、金太郎が担いでそうな巨大な斧が握られている。あんなのに叩かれたら、細いマナタの腕なんか簡単にもげそうだ。

「数は？」

「確認できただけで、八機です」

かなりヤバめだ。

もし、戦いになってしまったら、ガウスで押し返せる相手じゃない。それに、エフィドルグと戦う者同士で争うなんて、絶対に避けなければならない。

「〈くろべ〉に着艦します」

足元から、硬い振動が伝わってきた。〈くろべ〉の船体にマナタの脚がついたのだ。停船している〈くろべ〉は重力推進機関を停止しているからだろう、何も振動は伝わってこない。

重力制御ができるマナタは、無重力の甲板の上を歩ける。いつかやってみようと思っていたのだけど、こんな形で実現するとは思ってもみなかった。

「フラヴトの航宙艦が、〈くろべ〉の周りを回り始めました。距離は百㎞」

停船した〈くろべ〉を中心に、フラウトの船が等間隔で衛星のように回っている。そして、フラウトのグロングル――彼らは着ぐるみと呼んでいたか――がじわじわとこちらに向かってきている。

状況としては、とっても厳しい。〈くろべ〉は停船しているから、逃げようがない。戦うとなれば、一方的になるだろう。

艦長は、フラウトに敵対する意思がないことを繰り返している。

グロングルをそのまま使っているのは、人類の母星は二度に渡ってエフィドルグの襲来を受け、その過程で生じた極めて特殊な例である、とハウゼンが説明していた。

それでもフラウトは聞く耳を持たない様子だった。

「お前たちが、エフィドルグの青馬剣之介と同族であることは明らかだ。無駄な言葉を重ねる気はない」

我が耳を疑った。

「……マナ、さっきこの人、青馬剣之介って言った？」

「言いました。もう一度再生しますか？」

わたしは声を出せず、ただ首を横に振るしかできなかった。

意味が分からない。どうして、剣之介がエフィドルグなのだ。

〈くろべ〉の全員が衝撃を受けたことは間違いない。みんなの時間が凍りついたようだった。

「青馬剣之介は確かに我々と同じ人類です。しかし、にわかには信じられません。彼は、エフィドルグと戦うために、人類の母星である地球を旅立ったのです。そして、私たちはその青馬剣之介を追いかけて、ここまでやってきました。あなた方の言う、青馬剣之介とはどのような人物なのですか？」

ハウゼンが冷静に問いかけていた。この辺は、さすがというべきか。

フラヴトの人が顔をしかめたようだった。ボサボサの髪ともじゃもじゃの髭で、顔をしかめるとただの毛玉みたいに見える。

「……お前たちの言葉は信じられない。この男だ」

フラヴトの船から、映像が転送されてきた。

新しいウィンドウがモニター上に開き、一人の男の姿を映し出した。

「追ってきたと言うのなら、知らぬはずはないだろう」

明らかに彼らフラヴトとは違う。わたしたち人類そのものだ。

黒く長い髪を後ろでまとめた、きつい切れ長の目をした男だ。

間違いなく、青馬剣之介時貞、その人だった。

視界が闇に覆われていく。

——そんな、バカな。

第三話　『在りし日、過ぎし日』

由希奈は息をすることすら忘れて、正面モニターの一角を凝視していた。

モニターには、二〇〇光年を超えて追いかけてきた男の姿が映っている。

剣之介だ。鋭い目つきも、太い眉毛も、右目の下の傷跡も、あの頃のままだ。

着ている服装こそエフィドルグ風のものだったけども、それはそうだろう。〈枢〉を抜けたとき、剣之介は着の身着のままだった。まさか二〇〇年もタンクトップ姿のままというほうがむしろ変だ。そういえば、ムエッタはわたしのジャージ着たままだったな……。

慌てて首を横に振る。

思考が変なほうにずれてしまった。でも、何を言えばいいのか、何をすればいいのか、まったく思いつかない。

「確認しました。間違いなく、青馬剣之介です。ですが、やはり信じられません。いったい何があったのでしょう。ご存知ありませんか？」

わたしが思考停止しているうちに、ハウゼンが言うべきことを言ってくれた。

たぶん、〈くろべ〉の中で、一番冷静なのはこの人だろう。

ハウゼンの返事に、フラヴトの艦長らしき人は顔をしかめた。

「白々しいことを！　青馬剣之介が我々を裏切ったことを知らぬとでも思っているのか！」

こちらを睨んでくる目には猜疑《さいぎ》の色が濃い。

「青馬剣之介のみならず、その同族を使役して、我々の油断を誘い罠にかけるつもりであろうが、お前たちの目論見通りにはいかぬぞエフィドルグめ」

信じられない言葉を聞いた。

裏切り者。剣之介が、人を裏切る――？

ありえない、という思いと同時に、怒りもわいてきた。

剣之介の存在そのものを否定されたような気がする。そんな剣之介を追ってきたわたしだけじゃない。船のみんな、艦長だって宙兵隊の人だって、剣之介の真意を理解して地球を捨ててまで〈くろべ〉に乗って、ここまで旅をしてきたみんなの心を踏みにじる言葉だ。

わたしを嫁にしてやる、とまで言った男が――わたしを置いて、やっと勝ち得た平和な世界をかなぐり捨ててまで、エフィドルグと戦うと決めた男が。

そんなわたしの男が――

「裏切るわけないじゃん！　剣之介が裏切り者って、どういうこと!?　アイツが人を裏切るなんて、絶対にありえないから！」

わたしの叫びに、〈くろべ〉どころかフラヴトの人も驚いた様子だった。

むしろ、そのリアクションにわたし自身が驚いてしまった。

「……え!?　もしかして、いまのみんなに聞こえた？」

申し訳なさそうにマナが答えた。

「はい……申し訳ありません。強烈なイメージが流れ込んできたために、最優先で処理してしまいました。強いイメージは、ダイレクトに命令を実行してしまいます。私には防ぎようがありません」

やっちゃった、という後悔と共に、そういうことかとも理解した。

元々は纏い手のイメージで操作するグロングルだ。マナはグロングルとわたしの間に立っている通訳のようなものだ。強いイメージは、通訳を介さずに直接グロングルに伝わってしまう。

いきなり通信に割り込んでしまったからだろう、〈くろべ〉の艦橋クルーが少し慌てている。

「あの……すみません……グロングルのルールっていうか、仕様っていうか……」

〈くろべ〉の通信手は上泉艦長やハウゼンらと手短に言葉を交わし、落ち着いた表情で返答してくれた。

「こちらでも理由は確認できた。リディが中継して、向こうにも流したみたいだな。エフィドルグの命令ルートを使ったからだろう、オペレータを無視して最優先で処理されたようだ」

自動化が進みすぎているエフィドルグの船はオペレータなんか乗っていなかったから、しょうがないといえばしょうがない。エフィドルグ船を改造した〈くろべ〉のマンマシーンインターフェイスも、マナと同じようなものだから防ぎようがないのだろう。

モニターに映っているフラヴトの艦長が怪訝な顔で、カメラに映っていない誰かと話している。

あちらも〈くろべ〉と同じように混乱しているようだった。

「……戦乙女《いくさおとめ》？」

フラヴトの艦長が、独り言のように言った。

その言葉を合図としたかのように、フラヴトの艦橋で大きなざわめきが広がった。

「戦乙女だ！」「英雄の帰還だ！」「戦いの女神が帰ってきたのだ！」

フラヴトの艦橋のざわめきを、リディくんが律儀に翻訳しているようだ。

戦乙女って何のことだろう。

フラヴトの艦長が短い雄叫びをあげると、フラヴトの艦橋は静まり返った。

じっとこちらを見据えたフラヴトの艦長は重々しく口を開いた。

「先ほど通信に割り込んだ者に問いたい。あなたは、ムエッタ様か？」

驚いた。

剣之介に続いて、ムエッタの名前が出てくるなんて。でも、考えてみればありえる話だ。クロムクロに乗っている限り、剣之介とムエッタは常にセットで行動していたはずだ。

わたしは反射的に答えてしまった。

「え……違いますけど、ムエッタとは無関係じゃないです」

言ってしまってから、その後に何と言うべきか戸惑ってしまった。

ムエッタとわたしの関係をどう説明すればいいだろう。わたしはたまたま御先祖にそっくりなだけなんです、とでも言ってみようか。ゼルのことも含めて説明したほうがいいだろうか。

でも、余計に混乱させそうな気がする。

わたしが戸惑った隙を逃さず、ハウゼンが口を挟んできた。

「ムエッタのオリジナルのコピーです。ムエッタは、この人の先祖を基にエフィドルグが作り出したものです。この人……白羽由希奈さんは、エフィドルグと戦うために、世代を超えて生み出された存在なのです」

その言葉に、ハウゼン以外の全員が驚いた。当然、わたしも驚いた。

ハウゼンが言ったことは、自身の予測に基づくもので、真実であると確認されていない。それにかなり失礼なことをさらりと言っている。でも、フラヴトを混乱させず、うまく説明する自信がわたしにはない。

当人の困惑を他所にフラヴトの艦長はハウゼンの言葉に驚いたようだった。

「ムエッタ様のオリジナル……!?　にわかには信じられん話だ……」

想定外だったのだろう。かなり困惑している。

分からなくもない。エフィドルグだと思ったら戦う意思はないと言い始めて、ムエッタと同じ顔をした女が喚《わめ》きちらして、変な科学者が妙なことを言い始めたのだ。

それに、剣之介を「裏切り者」と言い捨てる一方で、ムエッタのことは「ムエッタ様」だ。そのあたりにこの行き違いを解消する鍵がありそうな気がする。

「確かにムエッタ様は、エフィドルグに造られた存在だ。当然、オリジナルの者がいるであろうことは当然の帰結であるが、しかし……その証を見せていただきたい」

フラヴトの物腰が少し柔らかいものへと変わってきた。対話のできる種族と感じたのかもしれない。

たぶん、エフィドルグとは交渉することなどなかったろう。地球にやってきたエフィドルグも無言で攻撃してくるか、一方的に要求を突きつけてくるだけだった。機械的だったエフィドルグと人類の温度差がいい方向に作用したのかもしれない。

フラヴトの問いかけに、ハウゼンが自信満々に頷いた。

「ムエッタと白羽さんの遺伝情報をお送りしてもいいのですが、それすら捏造と言われる可能性もありますので、エフィドルグにはできないアプローチでご理解いただきましょう」

と言ったハウゼンが、通信手の隣に立っているリディくんに頷いた。

モニターに新たなウィンドウが開き、映像が流れ始める。

どこかで見たことがあると思った。それもそのはず、茅原が撮った映像だった。剣之介が〈枢〉を開けて旅立つまでの一部始終が映っていた。

まさか、剣之介との痴話喧嘩を地球のみならず、宇宙で配信されるなんて夢にも思わなかった。これは悪夢だ。

「茅原さんの夢が叶ったということでしょうか。よかったですね」

とマナが嬉しそうに言った。

「よくない！　ていうか、なんでマナが知ってんの？」

「……私のコクピットで、あっちで配信する、と言ってましたよね？」

溜息しか出てこなかった。

マンマシーンインターフェイスこそ最近になって作られたものだけど、それ以前の記憶もすべて残っているのだ。ムエッタが乗っていたときのことも、クロムクロと戦ったことも。

まるで、子供に「ボクが小さい頃、テキトーなこと言ってたよねお母さん。ボク全部覚えてるよ」と言われたような気分になった。いやまだ子供はいないですけども。

わたしが溜息をついている隙に、映像はどんどん進んでいき、剣之介が〈枢〉の中へと入った。

「待っておるぞ……」

やはり何度見ても泣きそうになる。

剣之介が光の中へ消え、分解した〈枢〉の破片が青い空に長い尾を引いていた。

だが、そこで映像は終わらなかった。

次々と場面が切り替わり、「いつ撮った？」と言いたくなるようなわたしの大学時代の映像まであった。エフィドルグ船の装甲が剥がされて白い〈くろべ〉へと作り替えられ、富山きときと空港に「宇宙」の二文字が追加されるまでが、ダイジェストながらも綺麗に時系列順にまとめられていた。

「ねえ、マナ……この映像って誰が作ったの？」

「ハウゼン博士とリディさん、その他大勢です。もちろん私も手伝いました」

どおりで、マナタの主観っぽい映像があると思った。

準備が良すぎると思ったけど、ハウゼンははなっから準備していたのだ。ハウゼンは、エフィドルグではないということを証明するために、理論ではなく感情を利用したのだ。それすら、彼の中では理論なのだろうけども。とはいえ、かなり効果的だとは思う。機械のようなエフィドルグにこんな発想はできないだろう。

わたしの恥ずかしい過去を見せられたフラヴトの人はどんな感想を抱いたのだろう。

そう思って、別のウィンドウに目をやると、フラヴトの艦長が滝のように涙を流していた。

「……我々はいま、猛烈に感動をしている！」

どうやら、ハートにクリティカルヒットしたようだ。

剣之介やムエッタがどんな気持ちで〈枢〉をくぐったのか理解してくれたのだろう。エフィドルグと戦う同じ人型の種族だ。分かり合えると思いたい。

フラヴトの艦長は、溢れ出る涙を拭おうともせず、嗚咽を噛みしめながら訊いてきた。

「青馬剣之介との約束を果たすために、星々の海を越えてこられたというのか？」

「……そうです」

「なんということだ！」

フラヴトの艦長は、それだけ言うのが限界だったようで、再び感動の波に襲われてむせび泣いた。長い髭《ひげ》が涙でツヤツヤだ。

あの、もうやめてください。そんなに感動されると、また穴を掘ってでも入りたい気分になるので、やめてください。

フラヴトの艦長が懐からタオルのようなフカフカの布を取り出して、鼻をかんだ。

ちょっと驚いた。宇宙人も鼻をかむんだ。そして、宇宙に適応した種族はタオルを常に持ち歩くのだ。わたしはどちらかといえば、タオルはバリバリなほうが好きだったりする。

鼻をかんだことで、幾分落ち着きを取り戻したのだろう、フラヴトの艦長が背筋を伸ばして言った。

「あなたがた人類をエフィドルグと見做《みな》したことに対して謝罪する。共に戦う、星の兄弟として歓迎しよう」

〈くろべ〉の艦橋からも、フラヴトの艦橋からも、安堵の吐息が漏れた。フラヴトも本心では戦いたくなかったのだろう。

上泉艦長が口を開いた。

「受け入れてくれたことに感謝する。我々としても、エフィドルグと戦う仲間に出会えて嬉しく思っている。目下、我々には情報が必要だ。そちらの状況と、エフィドルグのことを教えてほしい。それと、青馬剣之介のことも……」

双方が歩み寄ってからの話は早かった。

お互いの船が第二惑星に進路を取り、〇・三光速まで加速して慣性航行に移った後に、フラヴトが船からシャトルを出して〈くろべ〉に代表を送るということになった。フラヴトの艦長が「直接伝えたいことがある」と譲らなかったからだ。

この知らせを受けて、外惑星生命体の専門家であるレティが大慌てで準備を進めることになった。もちろんハウゼンと共に、狂喜しながら作業をしたことは言うまでもない。案外、ハウゼンとレティは似た者同士なのかもしれない。

ふと思った。レティも剣之介を見たら解剖したがるのだろうか。

◯

由希奈はフラヴトの代表を迎え入れるべく、上泉艦長とハウゼンと共に、宇宙服に身を包んで真空状態となったシャトルベイに立っていた。

シャトルベイとはいえ、〈くろべ〉に搭載されているシャトルは一機しかない。かなり広い空間ではあるけども、三割ほどは積荷に占拠されている。その積荷とは食料だ。リサイクルと循環システムが完備されているとはいえ、食料のリサイクルは不可能だし、仮にできたとしても食べたくない。ただ、最終的には肥料となって農園で使われているから、リサイクルしてると言えるかもしれない。

フラヴトのシャトルは使ってる人と同じように、ずんぐりむっくりだった。比較的開口部が大きめに作られている〈くろべ〉の舷側ゲートを全開にしても、高さがぎりぎりだったのだ。

装甲宇宙服に身を包んだ宙兵隊員がずらりと並んで捧《ささ》げ銃《つつ》をする中、シャトルからフラヴトの代表である三人が降りてきた。

わたしは思わず笑いそうになった。

通信画面から想像していた全体像とは、かなり違ったからだ。異様に広い肩幅と太い腕から連想される巨人のような種族だと思っていたのだけど、実体は顔の縦横比と同じように体も縦横比が「一」だった。

ごつい装甲に覆われた宙兵隊員よりも広い肩幅をしているのに、身長は六割ぐらいだ。それでも短い脚をせかせかと動かして歩いてくる姿を見て、わたしは我慢しきれなくて面妖な声を漏らしてしまった。

「ぬふっ……」

すかさずハウゼンがたしなめる。ハウゼンはいつものように無表情で、笑いそうな雰囲気は微塵もない。

「白羽さん、貴重なセカンドコンタクトです。気を引き締めてください」

「はい……すみません……」

「まあ、そう硬くならなくてもいいだろう。向こうは異星人慣れしているようだしな。細かいことを気にしなさそうな雰囲気もある」とは上泉艦長だ。

艦長の声にも微かに笑いの成分を感じる。

わたしだけじゃなくて安心した。というか、ハウゼンがやはりずれているのだ。

「勇壮な戦士の出迎えを受けて感動している。やはり、エフィドルグを退けた兄弟は我らと同じ戦士の文化をお持ちのようだ」

ほぼタイムラグなしで、リディくんが同時通訳をしてくれた。

目の前までやってきたフラヴトの代表――〈くろべ〉と通信をしていたフラヴトの艦長さんだった――は、上機嫌だ。

「我が名は、ユ・ゾゾン。ユ士族の戦士団団長にして、フラヴト宇宙軍艦隊司令官である。ゾゾンと呼んでもらってかまわない」

艦長さんかと思ったら、もっと偉い人だったようだ。

頷いた艦長が名乗った。

「お目にかかれて光栄です、提督。私は地球国際連合所属、航宙艦〈くろべ〉の艦長、上泉修です。オサムとお呼びください」

ゾゾンは艦長の名乗りを受けて、豪快に笑った。

「デオモールの民ほどではないが、人類も名前が長いな。結構。お互い堅苦しい挨拶は抜きにしよう」

フラヴトの代表たちと共に、シャトルベイに隣接する一室に入った。

テーブルと椅子、謎の機械や計測機器が並んだだけの殺風景な部屋だった。計測機器の横には、リディくんが立っていた。通信機越しの会話ではないので、リディくんがいないと困るからだ。

ハウゼンがフラヴトの代表に席をすすめつつ、部屋の説明をした。

「あいにくと急な話でしたので、検疫設備が準備しきれませんでした。ご無礼とは思いますが、部屋の中央をエアカーテンで仕切らせていただきます。ご容赦ください。空気バランスは事前にお教えいただいたもので調整してありますので、息苦しさはないかと思います」

「細かいことを気にする必要はない。吸える空気さえあれば問題はない」

とゾゾンは簡単に言うけども、わたしは少しばかり緊張していた。

未知の生命体との接触は、本来なら完全隔離された密室で行うべきものだ。現地の生物にとって無害な細菌やウィルスでも、人類にとっては致命的なものになる可能性があるからだ。とはいえ、フラヴト側からの情報提供と、ハウゼンとレティの尽力によって人類に影響の出そうなものはない、という結論に至っていた。それでもやっぱり心配ではある。変な病気にかかったら嫌だなあ、などと言えるわけはないけども。

席についた双方が簡単な紹介をした。

フラヴトの代表三人は、司令官ゾゾンとその副官二名ということだった。

自己紹介をしたわたしをじっと見つめて、フラヴトの代表三人は驚きの表情を浮かべていた。

「本当にそっくりですね……」と副官の一人が呟いた。

その言葉に、ゾゾンともう一人の副官も頷いた。

「戦乙女……ムエッタ様と同じ起源なのだから、当然ではあろうが……」

どこか懐かしい感覚を覚えた。

そういえば、ムエッタを初めて学校に連れて行ったときも、同じような反応をされたなあ。

今回は立場が逆だけど。

ゾゾンが興味深げに訊いてきた。

「君たちの名前は、姓が先で、名が後なのか？」

「わたしと艦長は、そうです」

ゾゾンは笑みを浮かべた。

「私の姪に、キナナという娘がおる。ユ士族の娘であるので、ユ・キナナだ。偶然とはいえ、同じ名前というのが面白い。良き星々の巡り合わせであるな」

わたしも微笑を返す。

何気ない世間話なのだろうけど、異星の人にも家族がいて、それぞれを気にかけているのが分かり、何だか温かい気持ちになった。良き星々の巡り合わせというのは、たぶん「縁起がいい」ぐらいの意味合いなのだろう。何やらおめでたい感じがした。

艦長が頷いて口を開いた。

「お互い、最も知りたいことから話しましょう」

ゾゾンも鷹揚に頷き、

「無論だ。我々は回りくどい話は好きではない。短いものほど好ましい。見ての通りな」

と言って豪快に笑い、副官も「然り、然り」と笑っていた。

わたしもつられて笑ってしまった。

かなりテキトーな人たちであると同時に、ユーモアのある人たちなのだ。見た目通りの武骨な性格と裏表のなさはゾゾンだけではないのだろう。副官もゾゾンの言動に眉をひそめるようなところがまったくない。なんだか仲良くできそうな気がした。

艦長がわたしに目くばせした。

「白羽くん。聞きたいことがあるだろう?」

わたしは艦長の心遣いに感謝しつつ、ゾゾンを見つめて頷いた。

「お聞きしたいのは、青馬剣之介とムエッタのことです。どうして剣之介は裏切り者で、ムエッタは戦乙女と言われて尊敬されているのでしょう」

ゾゾンは何度も頷いた。

「そうであろうな。我々もその説明をせねばなるまいと思い、準備してきた」

ゾゾンの副官が、二センチ四方のサイコロのような機器をテーブルの上に置いた。

置かれたサイコロが内側から割れるように四分割されて、開いた隙間から光がもれてきた。光は空中で像を結び、射手座26星系の第二惑星を映し出した。

「今から三〇〇〇年前のことだ。エフィドルグがやってきた」

ちなみに、年数はリディくんが地球時間に自動変換してくれている。第二惑星の一日は二十三時間四十五分。地球とほぼ同じだ。公転周期は七一六日。一年の長さは倍ちかくある。

現在の客観時間は、地球でいうと西暦二一三〇年——改めて計算すると、気が遠くなる。三〇〇〇年前ということは、西暦一九三〇年。戦国時代よりは後、エフィドルグ第二次先遣隊とわたしたちが戦う前だ。射手座*x1*からの距離を考えると、ずいぶんと後回しにされていたようだ。

ゾゾンの語りに合わせるかのように、映像のフレームにエフィドルグ船が入ってきた。そのままどんどん大きくなったエフィドルグ船が、撮影していた衛星を粉砕したのだろう、そこで映像がノイズに満たされて消えた。

ノイズで画面が満たされる直前、もう一隻のエフィドルグ船が見えた。

「あの……エフィドルグ船が二隻いたように見えたんですが……？」

わたしの問いに、ゾゾンは頷いた。

「この星系は、エフィドルグにとって重要だったのだろう。最初の接触で、すべての軌道上施設と衛星が破壊された」

映像が切り替わった。低軌道から撮影されたものだ。画面の下半分は、緑色の惑星が映っていた。じわじわと高度を上げていく映像から想像するに、エフィドルグがやってきてから打ち上げられた観測機なのだろう。

第二惑星にはうっすらと輪ができていた。徹底的に破壊された軌道施設や衛星の残骸によるものだろう。そして、その輪の外側に〈枢〉が禍々しい光を放ちながら、異星との扉を開きつつあった。

地球とは随分とエフィドルグの振る舞いが違う。後回しにされていたのではなく、二隻体勢で確実に落とすために準備を整えていたのだ。

「それから五十年もの間、我々は戦ったが……敗北した」

切り替わった映像は、凄惨《せいさん》な地上戦の様子だった。〈枢〉が開き、千隻の船から無数のグロングルが地上へと降り立っていた。三〇〇年前とはいえ、地球以上のテクノロジーを持っていたフラヴトでさえ、エフィドルグの物量にはなすすべがなかったのだ。

「敗北したものの、我々ユ士族だけは森に隠れ潜み、抵抗を続けていた」

ゾゾンによれば、フラヴトには九つの民族が様々な土地に分かれて暮らしており、それぞれの民族は独自の国家を形成し九士族と呼ばれているのだという。

「世代を超えて我々は戦い続けたが、それも限界があった。ユ士族以外の八士族はすでにエフィドルグによって傀儡《かいらい》とされ、気がつけば我らユ士族は平和を乱す反逆者という扱いになっておった。さらにエフィドルグの離反工作と巧みなプロパガンダによって、ユ士族からも離脱者が出始めたのだ。特に、エフィドルグと直接戦ったことのない若い世代が多かった……」

ゾゾンは遠い目をして、悲し気な表情を浮かべた。

「あなたの同世代だったのですね？」と上泉艦長。

ゾゾンは無言で頷いた。

「離反した者はどうなったのです？」とハウゼンが訊いた。

「第三惑星の軌道施設へと送られ、帰ってはこなかった。表向きはヘリウム採掘業者の募集に乗ったとなってはいるが、強制連行だったのだ」

しばしの沈黙の後、ゾゾンが再び語り始めた。

「そして、今から五十年ほど前だ。〈枢〉からエフィドルグではない多数の船が現れた」

再び映像が切り替わり、〈枢〉から大量の船が現れた。

オレンジ色をした楔《くさび》形の船が大半だったけども、その他にも様々な形の船がいた。そして、どの船もエフィドルグ船とは違っていた。

「その当時、エフィドルグの戦力はほとんどが引き上げていた。ほぼ制圧のなった星に戦力を留めておく必要はないからな」

そのとき第二惑星に展開していたエフィドルグは少数で、それぞれ別の方向へと飛び去っていった。

エフィドルグが戦わずに逃げるということもあるのだな、と思ったけどそうではなかったようだ。

「駐留していた少数のエフィドルグは、あろうことか母なる星のインフラと第三惑星の採掘施設を攻撃し始めたのだ」

「敵の手に渡すぐらいなら、破壊しようということか」と上泉艦長。

ゾゾンは頷き、

「第二惑星の軌道上にいたエフィドルグ船は、現れた船団によってすぐに破壊されたが、第三惑星に向かった船を仕留めるのに時間がかかってしまった。おかげで軌道施設の半数と何隻もの輸送船が沈められた……」

エフィドルグ船のトラクタービームによって、第三惑星の軌道上に浮かぶ採掘ステーションが次々とガス惑星に押し込まれていった。濃密な大気との断熱圧縮熱によって採掘ステーションはあっというまに赤熱し、端から順に溶け落ちていった。

わたしはその映像を直視できなかった。

中にいた人はどんな気持ちだったろう。絶望の中、抗いようのない重力に引かれて視界いっぱいにガス惑星が迫ってくるのだ。想像しただけで胸が苦しくなる。

「なるほど。このとき襲われた輸送船の救難信号が、我々が受信したものだったのですね」とハウゼンが言うと、「そのようだな」と艦長が頷いた。

「受信した、とは？」とゾゾンが訊く。

「この星系に立ち寄った理由です」

しばし考えたゾゾンは驚いた顔になった。

「……エフィドルグに襲われた見ず知らずの船を助けようと、わざわざ減速してこの星系にやってきたというのか？」

艦長は苦笑いを浮かべて、

「さすがにその船を助けられるとは思いませんでしたが、この星系に立ち寄るきっかけになったのは確かです。エフィドルグと戦っている者がいるのなら、協力すべきだと」

ゾゾンは大いに感動したようだ。隣に座っている副官たちも同じように感動している。

「真の星の兄弟であったか。あなた方をエフィドルグ呼ばわりしてしまった我らをどうか許してほしい」

と言って、両手首を合わせてこちらへと突き出した。

彼らの謝罪のポーズなのだろう。小さな彼らが太い腕を突き出して謝る様はどこか微笑ましかった。星も文化も違えど、気持ちは通じるものなのだ。

頷き返した艦長が、先を促した。

「今では分かり合えたのです。改めての謝罪の必要はありません」

わたしは言おう言おうと思っていたことを、やっとのことで切り出せた。

「あの……わたしのせいで、あなた方の船を自爆させてしまいました。本当にごめんなさい」

と言って頭を下げると、ゾゾンたちはきょとんとした顔を浮かべていた。

「……何を謝る必要があるのだ？　あなた方に悪意がなかったことは明らかだ。些細な行き違いから、不幸な結末が訪れたにすぎない」

「それでも……」

ゾゾンは首を横に振って、なおも頭を下げようとするわたしを制した。

「あなたも、自爆した船の同胞も、誇りを持って行ったことだ。それ以上の謝罪は、お互いの誇りを傷つけることになる」

そうまで言われてしまっては、口をつぐむしかない。

艦長が話の続きを促した。

「やってきた船のおかげで、この星系からエフィドルグを駆逐できたのですな？」

ゾゾンは頷いた。

「十年の戦いの後、母なる星からエフィドルグは一掃された」

「〈枢〉から出てきた船は、どういう人たちなのです？」とハウゼン。

「彼らは、解放軍と名乗った。彼らによれば、六〇〇年もの昔、エフィドルグの襲撃を跳ねのけた星が、反エフィドルグの旗印を掲げ、様々な星に介入を始めたという」
またすごい数字が出てきた。日本だと江戸時代だ。エフィドルグの襲撃を跳ねのけたという
ことは、〈枢〉を開かれる前にエフィドルグ先遣隊を撃破したのだろう。すごい星があったも
のだ。そこから他の星に救いの手を差し伸べていったのだろうけど、いったいどれだけの時間
エフィドルグと戦っているのだろう。
「そして、二五〇年ほど前、解放した多くの星と星間同盟を結成し、エフィドルグ矯正艦隊と
戦えるだけの戦力を糾合《きゅうごう》したのだ。これが解放軍の中核となった。そしてついに、双方合わせ
て二千隻の船が激突した」
そうゾゾンが言うと、射手座26星系を中心とした近隣恒星系図が映し出され、十五光年ほど
離れた星系が点滅した。
わたしにとっては見慣れた星系だ——射手座*x1*。
今から二五〇年前ということは、西暦一九八〇年だ。わたしたちがエフィドルグから黒部研
究所を取り戻したのは、二〇一六年の暮れだ。そのとき〈枢〉の基準共有空間を経由して受信
した電波は、この戦いの直前に流された檄文《げきぶん》だったのだ。その電波は、暗号化されていない
平文《ひらぶん》だった。そんなものを矯正艦隊が駐留する星系で流していたのだから、とっくに戦端は開
いていたと考えるべきだ。
星間同盟の結成から解放軍の組織、射手座*x1*での艦隊決戦まで三十六年ほど。宇宙の時間感

覚でいうなら、かなりの急ぎ足だ。むしろ、短期決戦を目論んだと考えるべきだろう。超絶ブラックで圧倒的な物量を持つエフィドルグと、人の命を尊重せねばならない解放軍。戦いが長引けば、人の営みのある解放軍のほうが不利になると思えるからだ。

剣之介たちが〈枢〉を開いたときにエフィドルグが見当たらなかったのも頷ける。どちらの陣営も射手座*x1*のインフラは痛めたくないはずだから、主要居住惑星から離れた宙域が主戦場になっていたのだ。

たぶん、剣之介たちは、このとき解放軍と合流できたのだろう。

「その解放軍の中に、剣之介とムエッタがいたんですね？」

ゾゾンは頷いた。

「その通りだ。彼らは一騎当千の兵《つわもの》であった。特にムエッタ様は、エフィドルグに造られた存在でありながら、自らの意思でエフィドルグの鎖を断ち切ったという事実から解放軍では英雄視されていた。長いエフィドルグとの戦いの中、そのような存在は現れたことがなかったのだ。それに、我々フラウトの世界では『戦《いくさ》は男の仕事』という風習が根強かった。それ故、グロングルを操って常に最前線で戦うムエッタ様の姿は、我々の目には特異なものとして映ったのだ。いつしかムエッタ様は、戦乙女、戦いの女神などと呼ばれるようになった」

映像が切り替わり、クロウを背につけたクロムクロが宇宙でグロングルと戦っていた。流れるように宇宙を飛び、次々とグロングルを斬り伏せていた。

その鮮やかな戦いかたは、剣之介らしくなかった。そもそも、わたしと一緒にいた頃は宇宙で戦ってすらいないのだ。たぶん、ムエッタのおかげだろう。剣之介だって、成長しているに違いない。

ただそれだけのことなのだ、と頭では分かっていてもなんだか悲しくなってきた。

わたしの知らない時間を剣之介は過ごしている。わたしにとっては七年間のことでしかないけども、剣之介はほぼ二〇〇〇年もの間戦っているのだ。わたし一人が置いて行かれているような気がして、焦りにも似た苦々しさが口に広がった。

宇宙の戦いから一転、今度は地上でクロムクロが戦っていた。上空にはクロウが飛んでいる。

やはり最初の印象と同じだ。わたしの知っている剣之介は、真正面からがむしゃらに戦っていただけだった。でも、この映像の中の剣之介は、居合の達人のような佇まいを見せていた。向かってくる指揮官機らしいグロングルをすれ違いざまに一閃。相手の右腕を斬り飛ばし、返しの刀でグロングルの背中を貫いていた。指揮官機相手に、ただの一度も刃を合わせていない。

「青馬剣之介は、恐ろしいまでに腕の立つ男だった。六〇〇年以上も昔の旧式グロングルであそこまで戦える者を私は見たことがない」

よくよく考えてみれば、クロムクロという機体は、とんでもない年齢の機械だ。戦国時代にやってきたエフィドルグは、「一二一五年かけて」地球にやってきたのだ。最初から船に積まれていたとすると、九〇〇年弱だ。ちょっとヤバイ。クロムクロが千歳超えちゃう。

「戦い方も我々フラウヴトとは対極にあるものだった。我々は真正面からのぶつかり合いこそが勇気の証明であり、名誉なのだと教わって育ってきた。だが、あの男は勝つためなら平気で後ろから斬りかかったし、不利と見れば戦わずして逃げた」

「それでも、彼は勝ち続けたのでしょう？」とハウゼン。

ゾゾンは何度も頷いた。

「決して、かつての青馬剣之介を批判しているわけではないのだ。あの男が指揮をとったおかげで、我々戦士団の戦果が上がったことは事実だからだ。しかし、戦士団の中には古き教えと反する青馬剣之介の戦い方に異を唱えるものもいた」

「無理からぬことでしょう」と上泉艦長。

ゾゾンは頷きながらも、渋い顔をした。

「ある日、戦士団の若者が、ムエッタ様と青馬剣之介に尋ねたのだ。何故、あのような姑息な戦い方をするのか、と……」

映像が切り替わり、クロムクロから降りてきた剣之介とムエッタが映った。手持ちのカメラで撮影したのだろう、手振れが酷い。

地上に降り立った剣之介とムエッタは、初めて見る装束を身につけていた。エフィドルグの甲冑《かっちゅう》とも違うし、もちろんわたしたちが着ているパイロットスーツとも違う。ムエッタに貸したままのジャージに似ているような気がしないでもない。

今から五十年前とはいえ、剣之介たちからすれば地球を出て一六〇年も経っているはずなのに映像の中の剣之介もムエッタもあの頃と少しも変わっていない。

いや、変わっていることがあった。ムエッタの髪型が変わっている。肩のラインでまっすぐに切り揃えられたおかっぱ頭だ。長い髪は戦いの邪魔になったのだろうか。それとも、面倒くさくなって、自分の刀でスパっといったのだろうか。あの長い黒髪は少し羨ましかっただけに、ちょっぴり残念な気がした。

そこには、あの頃のままだけど、わたしの知らない剣之介がいた。

大きな傷こそ増えてはいないものの、雰囲気が少し変わったような気がする。一六〇年もの間、宇宙で戦ってきた唯一の地球人だ。変わらないわけはないのだ。身近にいた頃は、常に熱気というか殺気というか、溢れ出す活力を隠しきれていなかった。でも、映像の中の剣之介は、静謐《せいひつ》の薄いヴェールを纏《まと》って溢れ出る活力を完全に覆い隠している。そんな印象を受けた。

疲れているのかと思ったけども、背筋の伸びた堂々とした姿勢には疲れなど微塵も感じられない。がむしゃらな戦い方がなりを潜めたように、剣之介の佇まいにも変化があったのだろう。

変わった原因は何だろう、と思った。

これが良くなかった。妄想の翼は大きく羽ばたいてしまった。

視線は剣之介の傍らに立つムエッタに吸い寄せられた。

クロムクロに乗る限り、常に一緒にいる男と女だ。何より、ムエッタは雪姫と同じ顔だ。さ

らに言うなら、わたしとだってそっくりさんだ。そんな女がいつも隣にいる。剣之介だって、年頃の男子だ……年頃なのかな？　一五四五年生まれで、今が二二三〇年だから……六八五歳。クロムクロなみに超高齢だ。いやいや、不老なのだから、年頃のままだ。そうに違いない。

そんな男女が一六〇年間一緒にいて、何もないというほうが嘘臭い。

——許せない！　けど……許す。許したくないけど、許すしかない。

聞かなければいいのだ。いらんことを聞いてしまって、後悔したことは幾らでもあったじゃないか。大学時代、聞かなくていいことをわざわざ聞いてしまった男女が破滅する様をいくつも見てきたじゃないか。そうだ、聞かなければいいのだ——聞きたいけど。

「どうされたのだ？　顔色が激しく変化しておるが……」

向かいに座るゾゾンが、わたしの顔色の七変化《しちへんげ》に肝を冷やしていた。

その声に、わたしは慌てて妄想に囚われた心を現実に引き戻した。

「だ、だいじょうぶです……たぶん……」

テーブルの横に立つリディくんが、ピポピポ言った。

「心拍数が多少変動したようですが、身体的には特に問題はないそうです」とハウゼンがリディ語を通訳した。

チラッと手元のタブレットを見たハウゼンがさらに付け加えて、

「勝手に色々と妄想して、心拍数が上下するのはいつものことなので心配ない……と白羽さんのパートナーも言っています。このまま続けましょう」

リディくんが、マナに問い合わせたのだろう。

だがしかし、言い方！

マナには言葉遣いというものを、きっちりと教育しないといけない。AIといえど、甘やかしてはいけないのだ。罰として、娯楽ライブラリへの接続を一週間禁じることにしよう。

「了解した……」

ゾゾンは心配そうな表情を浮かべるも、一時停止していた映像を再生し始めた。

クロムクロから降りた剣之介たちに、フラヴトの若者が一人近づいていった。若者とはいえ、やはり髭もじゃだ。でも、目の前のゾゾンに比べれば髭がかなり短い。ゾゾンの髭は胸まである。

フラヴトの若者が剣之介に何かを言ったようだった。

声が拾えていないことに気づいたのか、カメラを構えている人が慌てて近寄ったのだろう。

画面が上下に揺れた。

「姑息であろうが、卑怯であろうが、勝たねばならぬ。俺は死んではならんのだ。約束をしたのだ！」

と剣之介が言った。

剣之介の声だ。ほぼ七年ぶりだ。直接ではないにせよ、わたしの知らない言葉を剣之介がしゃべっている。

落ち着いたように見えて、口から出た声は力強いものだった。剣之介の本質は変わっていない。なんだか、すごく安心できた。しかも、あの剣之介が、外国語――宇宙人の言葉だけど――をしゃべっているのだ。無性に感動した。そういえば、英語の成績はわたしよりよかったっけ。何より、剣之介は一六〇年以上の時を経たにもかかわらず、わたしを待ってくれている。約束を覚えてくれている。だからこそ無謀な戦いをしないのだ。

涙をこらえるのが辛い。

映像の中のムエッタが微笑を浮かべた。

「この男を死なすわけにはいかぬからな。放っておくとこの男は簡単に死んでしまう故」

ムエッタの言葉に、剣之介が唇を尖らせた。

「ムエッタ、俺とて変わったのだ。何があろうとも、俺は死なぬ。いつまでも死にたがりの侍と思ってもらっては困る」

剣之介の言葉に、ムエッタは声を出して笑った。

驚いた。剣之介がムエッタのことを、呼び捨てにしている。〝殿〟がなくなっている。いつまでも、〝殿〟をつけるのも変だとは思うけど……いけない、これ以上考えてはいけない。

わたしは無理やり思考を止めて目の前の映像に集中した。

ムエッタがフラウトの若者に向いて言った。

「そういう訳なのだ。私はとある人から、この男を借りているだけなのだ。私の命に代えてもこの男は生きて返さねばならぬ。それが私の使命だ」

カメラを構えている人が叫んだ。

「この無礼者が！」

どかどかと走って、剣之介に問うた若者を殴り飛ばした。そこで映像が途切れる。

その声はどこかで聞いたことがあると思った。というか、目の前に座る人の声と同じだ。

ゾゾンは居心地が悪そうにもぞもぞしていた。

「……ムエッタ様のその言葉は、我々に思い出させてくれたのです。彼らは縁も所縁《ゆかり》もない異星の民である我らを、ただ助けてくれているのだと。ムエッタ様には自らの名誉や栄達など、はなから無かったのです。その無私の心に我らは心打たれ、ムエッタ様の凛とした佇まいに男どもは心を奪われたのです」

そう語ったゾゾンが驚いていた。

「どうなされたのです？　何か無礼なことを言ってしまいましたか？」

「え……？」

わたしはゾゾンの言葉に驚いた。

ゾゾンはムエッタとわたしを混同してしまったのだろう、妙に丁寧な口調になっている。

艦長が、そっと白いハンカチを手渡してくれた。

わたしはようやく気づいた。

涙がこぼれていたのだ。

「ありがとうございます……」

何も言わない艦長の心遣いに感謝して、わたしはハンカチを受け取った。

ムエッタが「預かっているだけだ」と言ってくれた。わたしの浅ましい嫉妬を吹き飛ばしてくれた。ゾゾンの言うとおり、どこまでも気高いムエッタだった。だからこそ異種族であるフラヴトにすら尊敬を払われる存在になったのだろう。

ムエッタに会えたらちゃんとお礼を言おう。そして、謝ろう。あなたの気高さを少しでも疑ったわたしを許してください、と。

「青馬剣之介とムエッタ様が約束をした相手とは、あなただったのですね?」とゾゾン。

わたしは頷きを返す。

ゾゾンは「やはり」と呟いて頷いた。ゾゾンの隣に座っている副官二人は驚いたようだった。

無理もない。過去の英雄である戦乙女が、借りた男を返すと言っている相手が、目の前に座っているのだ。

「それで、剣之介とムエッタはどうなったのです?」と上泉艦長。

ハッとしたゾゾンは姿勢を正した。

「十年の戦いの後、さらなる解放のために銀河中心方向へと旅立った」

——四十年前に旅立った。

宇宙の時間感覚でいえば、入れ違いでやってきたようなものだ。あとほんの少しでも地球を出るのが早ければと思わずにはいられない。ただ、それがどれだけ無茶なことかも分かっている。

でも、まてよ――？

「……第三惑星の近くで輸送船を襲ったのが、剣之介だとおっしゃってましたよね？」

途端、ゾゾンの表情が険しいものへと変わった。

「青馬剣之介は、我々を裏切ったのだ。エフィドルグと成り果てたのだ」

改めて聞かされても、やはり信じられない。

「本当に、剣之介なんですよね？」

「あなた方も見たはずだ。かつての英雄と寸分変わらぬ姿を。それに、奴自身が名乗ったのだ。エフィドルグの辺境矯正官、青馬剣之介であると！」

辺境矯正官――何度となく聞かされた言葉だ。

よりによって、剣之介がそれを名乗るとは夢でも見ているのかと思う。むしろ、夢であってほしい。

「信じられぬというのも分かる。我々とて、同じく衝撃を受けたのだ」

「でも、どうして……？　剣之介が人を裏切るはずがありません。何か理由があるはずです」

わたしの視線を受けかねたように、ゾゾンは目をそらした。

「エフィドルグには、調整装置があるのだ……」

　ハウゼンが身を乗り出した。

「その調整装置とはどういったものなのです？」

「簡単に言えば、記憶と人格を書き換える装置だ。クグツがばら撒《ま》く小型の虫を模した機械とは違う。アレは不完全な上に、人としての機能をいささか損なってしまう。だが、調整装置は違う。継続して調整をすることで、能力を保ったままエフィドルグに忠実な兵となるのだ」

「事例があるのですね？」とハウゼン。

　ゾゾンは頷いて、

「エフィドルグは、価値があると判断した人物を調整するのだ。かつての戦いで敗北した八つの士族の族長が、調整を受けた。だが、調整されたのは、そのときの族長だけだ。それ以降は、族長の血筋の複製品に挿げ替えられたからだ……」

　わたしは暗い気持ちになった。

　エフィドルグのやることは、相変わらず容赦ない。

「調整を解除することはできないんですか？」

「分からぬ。調整された族長は、調整されたまま死んでしまった。長期に亘る調整は不可逆な効果をもたらすのかもしれん」

　暗い気持ちのまま、訊かざるをえなかった。

「剣之介は、エフィドルグに捕まって、調整されたということなんですね？」

「そうとしか考えられん。それにムエッタ様の姿も見えぬ。ムエッタ様の出自を考えれば、処分されてしかるべきだが……」

そう言ったゾゾンは悲し気に目を伏せた。

「しかし、だ。ムエッタ様の従者である青馬剣之介は、主人を守れなかった……」

そうだった。クロムクロのような複座型のグロングルは、後ろの人がメインのパイロットだ。前に座っているのはあくまで機体を操る従者という扱いなのだ。

「そればかりか、エフィドルグに捕まり辱めを受けた。たとえ、死なぬという約束があったにせよ、エフィドルグの走狗となるぐらいなら、死を選ぶべきだった」

胸が締め付けられる。

ゾゾンの言うことも理解できる。エフィドルグに代々酷い目に遭わされてきたのだ。許しようのない敵なのだ。いかなる理由があろうとも、そんな仇敵に利用されてしまうというのは、耐え難いことなのだろう。

それでも、わたしがここまで旅をしてきたのは、剣之介に会うためだ。剣之介と共に生きるためなのだ。

「わたしが、剣之介を捕まえます！」

わたしの言葉に、ゾゾンは驚いた顔を向ける。

「あなたが……？　しかし……」

「我々も全力で協力します。いずれにしても、エフィドルグは叩かなければならない。その上で、剣之介を捕縛するのです。あなた方にとっても、エフィドルグの跳梁《ちょうりょう》は看過《かんか》できないはずです」と上泉艦長がすかさずフォローを入れてくれた。

「……確かに、あなた方が協力してくれるというのなら心強い。私自身としても、ムエッタ様がなされた約束の手助けをできることは大変な名誉だと思う。だが、私の一存では決められん。何より、新たな星の兄弟を族長に紹介せねばならぬ。族長の許しが得られれば、我々も共に戦おう」

　ゾゾンはそう言って、力強く頷いた。

　その後、人類がどうやってエフィドルグを撃退したのか、という話になった。

　地球の場合、実は二回もエフィドルグがやってきたということを理解してもらうのに少々時間がかかった。

　銃さえ作るのが精一杯だった地球、それも日本の戦国時代を舞台に、どうやってエフィドルグを撃退したのか。普通に考えれば、ありえない。不可能だ。その不可能を可能にしたのが、ゼルさんという異星人の存在だ。

　そこまで説明して、ようやく彼らも理解できたようだ。

　そして、ゼルさんの写真を見せると、ゾゾンは驚いた表情を浮かべた。

「デオモールの民ではないか！　君たちの星を救いにきた異星人というのは、デオモールの民だったのだな。なるほど、それなら納得できる。義に厚いデオモールらしい行いだ」

まさか、他の星の人から、ゼルさんの種族名を聞けるとは思っていなかった。

同じように驚いていたハウゼンが、身を乗り出す。

「デオモールの民というのは、この種族が名乗った呼称なのでしょうか？　それとも、フラヴトがつけた名称なのですか？」

「彼らが自身のことをそう呼んでいる。五十年前、戦乙女と共に鳥型のグロングルでやってきたデオモールの民がそう言っていたのだ。間違いあるまい」

鳥型のグロングル――クロウのことだ。

もしかしたら、ゼルさんかもしれない。

ハウゼンがゼルの写真を指して問うた。

「そのデオモールの民というのは、この人ですか？」

ゾゾンは首を横に振った。

「いや。この者ではない。長命のデオモールの民としては、随分と若い男であった。ところで、この者の名はなんというのだ？」

「ゼルイーガー・ミュンデフ・ヴィシュライです」

ハウゼンがこともなげに、ゼルのフルネームを答えた。

その名を聞かされて、ゾゾンたち三人は一様に驚いた。

「なんと、ゼルイーガーの一族か。なるほど、君たち人類がエフィドルグを退けたのは、ゼルイーガーのおかげなのだな」

「その通りです。彼がいなければ、地球はエフィドルグに蹂躙されていたでしょう」と上泉艦長。

ゾゾンは何度も頷き、

「戦乙女と共にやってきた、デオモールの民もゼルイーガーの一族だった」

クロウに乗っていたのは、ゼルさんではなかったみたいだ。

でも、一族と言っているぐらいだから、親戚なのだろう。もしかしたら、ゼルさんは亡くなったのかもしれない。地球を旅立つ前から、高齢だと言っていたし。そして、ゼルさんだけではなかったのだ。ゼルさんの星の人――デオモールの民だ――は、銀河中でエフィドルグから星々を救っていたのだ。ひたすら頭の下がる思いだ。今の人類がどれだけ発展しようとも、デオモールの人のようになれるとは、ちょっと思えない。


その後、〈くろべ〉の代表を第二惑星のユ士族の族長の元へと招待するという話がまとまり、ゾゾンたちはずんぐりむっくりのシャトルに乗って帰っていった。

〈くろべ〉の舷側ゲートを全開にして、フラヴトのシャトルが出ていくと、遥か彼方に第二惑星の緑色の光が見えた。

いつのまにか、こんなに近くまで来ていたのだ。

肉眼で見る初めての太陽系外惑星だった。

○

〈くろべ〉の重力推進式のシャトルが、森に囲まれた空港へと着陸した。

由希奈はシャトルの窓に顔を張り付けて、シャトルの尻尾を見つめていた。

シャトルとはいえ、二十世紀のシャトルとは訳が違う。積載量《ペイロード》五百トンの大型輸送機だ。かつて黒部研究所にガウスの部品を運んできたアメリカ軍の輸送機も裸足で逃げ出すレベルだ。そのカーゴベイには、ガウス二機を搭載できる。というか、ガウス二機を搭載するために大型化したとも言える。大きいとはいえ重力制御機構と重力推進機関のおかげで固定式の主翼はない。同じ理由で、エンジン的なものも外側にはくっついていない。

「何かに似てるなーって、ずっと思ってたんだけど、やっと分かったよ」

「何が何に似てるのです？」

ソフィはシートベルトを外しながら訊き返してきた。

「このシャトルってさー、鯨《くじら》に似てない？」

ソフィはちらっと首を傾げ、考える仕草をした。

その仕草も顔もとても美しい。相変わらず絵になる娘だ。

「……言われてみれば、そうかもしれませんね」

「でしょ！」

シャトルは機体の胴体の前寄りに空力制御用の小さな翼がついており、胴体の後端には斜め上方に向けて尾翼が二枚飛び出していた。

「さて、行きましょうか」

一足先に席を立ったハウゼンが、ハッチへと向かっていた。

すべてが初めて見るものだけに、ハウゼンはとてもウキウキとしていた。今にもスキップしそうなぐらい上機嫌だ。

今回、フラヴトのユ士族族長を表敬訪問するという大役を任せられたのは、旧黒部研究所の生き残り——黒部サバイバー——四名と上泉艦長、宙兵隊のマーキス隊長の合計六人とリディくん一機だ。ある意味、〈くろべ〉の中枢そのものと言っていい。なので、この六人が行くと艦長が言ったとき、結構な反対意見が出た。船のクルーや宙兵隊員は、何かがあったとき責任者がごっそりいなくなることを心配してのことだ。対して、科学者連中は「ずるいぞ、ボクも行きたい！」だった。責任感の違いというものを痛感させられた。

いずれ順番に上陸できるだろうと艦長が言うと、科学者連中はさっさと「行ってらっしゃい」に鞍替えした。大変分かりやすい人たちだ。対して、宙兵隊は最後まで折れなかった。護るべき人の横に、護るべきときにいないというのは、宙兵隊の沽券《こけん》にかかわるというのだ。使命感と責任感の強さは〈くろべ〉の中でも図抜けている。屈強さもだけど。

ただ、上泉艦長とマーキス隊長の言い分もよく分かるものだった。我々を信用して族長と会わせてくれるというのだから、こちらも信頼を示さなければならない。故に、戦士そのものである宙兵隊員を連れていくわけにはいかない。むしろ、非武装で行くべきだと力説した。

そうまで言われては、宙兵隊員も折れるしかなかった。しぶしぶ認めた宙兵隊員に、マーキス隊長は「いずれ本物の戦いをさせてやる。それもそう遠くない未来だ。訓練を怠るな」とやる気を出させる言葉をプレゼントしていた。

「お嬢様、お気をつけください。少しばかり体が重くなっておりますので」

と言って茂住さんが、ソフィに手を差し出していた。

ソフィは茂住さんの手を取り、優雅に立ち上がった。

「本当ですね、思っていたより重く感じます」

立ち上がったソフィからすっと手を引いた茂住さんは、ソフィから半歩離れて主の行くべき道に手をかざした。

ちょっと感心してしまった。まったくもって、絵になる二人だ。

ぼやぼやしているうちに、わたしが最後になっていた。

「よっこいしょっと……」

普通に立ち上がろうとして、失敗した。

「うわ……重い……」

「一・二Gですからね。五十キロの体重が、六十キロです。それより重ければ、もっとです……」

とソフィが澄まし顔で言ってきた。

あの顔は笑いをこらえているのを隠すときの表情だ。

「そんなに、重くないし！」

重い体を、なんとか持ち上げることに成功した。

「あー、やっぱ無理。はやく帰りたい……」

早々に弱音を吐いたわたしを見て、ソフィは笑いをこらえきれず噴き出していた。

エアロックに辿り着くと、最初に来ていたのであろう上泉艦長が振り向いて頷いた。

「難しいことを考えなくていい。我々はゲストであり、共に戦う味方に挨拶に行くだけだ。気楽にな」

艦長の言葉で余計に緊張してしまった。

士族の族長というのは、たぶん地球でいうところの国家元首みたいなものなのだろう。地球にいるときだって、そんな偉い人に会ったことはなかったのだ。

空気が抜ける音がして、エアロックが開き始めた。

事前の調査と、フラヴトから提供された情報で、第二惑星の空気は人類が吸っても問題ないということが分かっていた。どちらかというと、吸い過ぎ注意だった。酸素濃度が若干高いのだ。さすがジャングルの星。それに、海がないにもかかわらず、第二惑星の二酸化炭素濃度は驚くほど低い。海水面が見えないだけで、星を循環する莫大な水があるのだろう。

提供された情報は、細菌やウィルスについてもほぼ網羅されており、ハウゼンとレティは狂喜しつつも、まる二日間徹夜でワクチンの製造をするはめになった。

エフィドルグが地球にもたらしたテクノロジーは、何も重力制御関連だけではなかった。生化学分野においても、目ん玉が飛び出して転がり落ちるぐらい先進的なものを残した。そのおかげというか、リディくんのおかげというか、〈くろべ〉の生化学実験室はわずかな時間で、異星に適応できるだけのワクチンを作りあげる能力を持っていた。

すごいことだと思うけど、さすがにいっぺんに十本の注射はどうかと思う。いまだに刺されたところがヒリヒリする。

開け放たれたエアロックから、異星の空気が流れ込んできた。

その空気はどこか懐かしい匂いがした。

これは、日本の夏の匂いだ。それも、市街地ではない、木々に囲まれた田舎の空気だ。気温と湿度の高い、植物の息吹を感じる濃密な空気だ。

「あ……この星の空気、いいかも」

「そうですね。黒部の夏の匂いですね」

ソフィも同じように感じてくれたようだ。なんだか、嬉しくなった。

濃密な空気の中、上泉艦長を先頭にタラップを降りていった。

森に囲まれた飛行場は、遠くの景色が見えない。少なくとも、高層建築物は近くにはなかった。飛行場で一番背が高いのは、遠くに屹立《きつりつ》しているフラヴトのグロングルともいうべき「着ぐるみ」だ。要人の到着ということで、警備にあたっているのだろう。背をこちらに向けて立っている。それでも、全高はガウスの六割ほどしかない。

タラップの前には、芝生の絨毯らしきものが敷かれていた。フラヴトなりの敬意の表れなのだろう。絨毯の左右には、長い斧を捧げ持ったフラヴトの戦士たちがずらりと並んでいる。甲冑に身を固め、斧で武装した戦士だ。身長の低さとあいまって、どこかコミカルに見えてしまう。笑わないように気をつけないと。むしろ、笑みを浮かべていたほうがいいかもしれない。うん、そうしよう。

わたしはぎこちない笑みを浮かべて、タラップを降りきった。

船内時間で七〇〇日目、西暦だと二一三〇年ぐらい。ついにわたしたちは太陽系外惑星の地に降り立った。

人類史上初かもしれない。

もしかしたら、地球の科学がすごく進歩して、〈枢〉を作り出して、先に射手座 *x1* についてのるかもしれない……と思ってはみたけど、それはないなと思い直した。そうであるなら、この星系に来たときにエフィドルグに見做されるなんてことはなかったはずだから。

正面から見知ったフラウヴトの人がやってきた。ゾゾンだった。

「ようこそ、星の兄弟よ。暑くはないかね？」

「ほどよい暑さです。私の故郷の夏とそっくりです」と上泉艦長。

ゾゾンは歯を見せて豪快に笑った。

「なら、夏は無理かもしれんな。今は一年で一番過ごしやすい春なのだ」

そういえばそうだった。

第二惑星の地軸は、約三十度も傾いているのだ。当然、夏と冬の差が激しい。ただでさえ射手座26の強烈な光を受けている星だ。夏は人類が生きていくには辛い星かもしれない。

わたしたちはゾゾンに案内され、バスみたいなリムジンに乗った。

地球の自動車と同じように、車輪のついた乗り物だ。

車輪――人類が発明した最も偉大なものの一つだ。それが人類だけのものでなかったことがここに証明されたのだ。これは大発見だ！　と言うのは少し大袈裟かもしれない。

人型であり、似たような環境で進化したフラウヴトも、人類と同じように歴史を重ね、テクノロジーを進歩させてきたのだろう。当然の帰結だとも思える。物理法則は銀河中どこに行っても同じなのだから。

リムジンに揺られながら、同乗したゾゾンと様々な話をした。

フラヴトの人は、自分たちの星のことをただ「母なる星」と言うらしい。固有名詞に相当するものがないのだ。ただ、宇宙時代に入ると、それでは他の星とやり取りするときに不便だということで、単純に「フラヴト」と呼ぶという。自己紹介するときは、「フラヴトからきたフラヴト人だ」となる。エフィドルグから解放されて、一気に他種族と接することが増えたのだが、実は他の星の人も似たようなものだと分かったらしい。だから、「地球からきた人類」というのは逆に珍しいそうだ。

お互いの文化や笑い話に花を咲かせるうちに、目的地である族長の屋敷へと到着した。

幅が百mぐらいありそうなゲートを開き、前庭へとリムジンが入っていった。

フラヴトの文化においては、門の幅の広さが地位の高さを示すものらしい。高さではなく、横に広がるのがなんともフラヴトらしい。

だだっ広い前庭の向こうに、ドーム型の野球場のような建物が見える。広さは地球のものと比べると四倍以上はありそうだが、高さは半分ぐらいだ。

ソフィがふと口を開いた。

「建物はどれも背が低いのですね」

ゾゾンが頷いて、

「他の星からやってきた兄弟はみんなそうおっしゃるが、この星は重力が高く高層建築物を作りにくいのだ。それに、寒暖差が激しく風が恐ろしく強い。故に、建物は低く広くとなる。土地はいくらでもあるのでな」

と言って笑った。

屋敷のエントランスは、途方もなく広かった。高校の体育館ぐらいの広さがある。

そして、恐ろしく幅の広い廊下を進んだ先に、族長の待つ応接室があった。

部屋と呼ぶのも気が引けるほどの広さの部屋の中央に、背の低いソファセットが置かれており、正面の大きなソファにちんまりと人が座っていた。

「遠路はるばるようこそいらっしゃいました、星の兄弟よ。ユ士族の族長、ユ・エヌヌです。さあ、腰を下ろしてゆっくりと語り合いましょう」

正面に座る小さな人が、よく通る声で語り掛けてきた。

「女性なのですね……」

ソフィがそっと呟いた。

「みたいだね」

意外だった。ゾゾンのような、いかつい髭もじゃのお爺さんを予想していたのだけど、目の前に座る族長と名乗った人は、小さなお婆ちゃんだった。

ユ士族の族長、ユ・エヌヌはちんまりとした見た目とは裏腹に、快活なお婆ちゃんだった。

フラヴトにしては肩幅が狭く、身長はゾゾンらと比べても低い。

それでも、元気によく通る声で喋るエヌヌは、顔に刻まれた皺に似合わず若さに満ち溢れていた。

簡単な自己紹介の後に、エヌヌはわたしの名前を聞いて驚いていた。

「まあ、わたしの孫と同じ名前なのですね。なんて素敵な星々の巡り合わせでしょう」

微かな既視感《デジャヴ》に襲われる。

ゾゾンも同じようなことを言っていたような気がする。

「あの……お孫さんの名前は、キナナさんですか？」

目を丸くして、エヌヌが笑った。

「あら、もしかしてゾゾンが先に言ってしまったの？」

なんのことはない。ゾゾンは族長の息子だったのだ。キナナは、ゾゾンの弟の娘だという。

是非孫に会ってほしいと言ったエヌヌは、言うが早いか使いの者を走らせた。

ものの五分とたたぬうちに、何のことだかさっぱり分からないといった表情を浮かべた少女が部屋に連れてこられた。

その少女こそがキナナだった。それにしても、フラヴトの少女は小柄でまるまるとしていてとても愛らしい。髭もじゃの伯父さんとは大違いだ。

初めて見る異星の人間に目を白黒させていた少女は、エヌヌに言われるままに躾られたのであろう折り目正しい挨拶を披露した。

上機嫌のエヌヌと対照的に、キナナは相変わらず状況を把握できていないようだった。孫娘のキナナを見せびらかして気が済んだのか、エヌヌはキナナを早々に引き上げさせた。来たときと同じように、何があったのかさっぱり理解できないといった表情を浮かべたまま、キナナは使いの者に引かれて部屋を出ていった。

少しばかりキナナが可哀想になってきた。

ごめんね、わたしと同じ名前なばっかりに。

そして妙な親近感をエヌヌに感じていた。なんだろう、この強引にして果断な女性は、どこかで見たような気がする。というか、とても近しい者にいたような気がする。

「由希奈のお母さんにそっくりですね……」

ソフィが呆れたように、小さく呟いた。

「ああ……そうね……わたしもそう思ったんだ……」

この手の女性は、弱腰が最も悪手だ。きっぱりと言うべきことを言い、はっきりと姿勢を示さねばならない。

「あの子はいずれ、族長となる身。早いうちから、異星の人々に慣れておく必要があると思いましてね」とエヌヌが言った。

その言葉に早々に食いついたのは、やはりハウゼンだった。

「ご無礼を承知でお伺いいたします。フラヴトの社会は母権母系なのですか？」

しばし首を傾げ、ハウゼンの言ったことを考えたエヌヌは逆に問い返した。

「あなた方、人類は違うのですね？」

「そうなのです！　その存在を提唱されつつも、結局は発見できなかった社会体制なのです」

エヌヌによれば、フラヴトは伝統的に母権母系社会なのだという。

その背景には、深い森が関係している。フラヴト人は、第二惑星の生物ヒエラルキーの頂点ではないのだ。森の中には、人を頭から食らうほどの捕食者が跋扈《ばっこ》し、旺盛な繁殖力を持つ植物は、人の生活圏を絶えず浸食してきたのだ。

それでも森を切り開き、森に入らねば食料は手に入らない。フラヴトの歴史は森との戦いの歴史でもあったのだ。男は森に入り食料を持ち帰らねば一人前として認められない。だが、帰ってこないことが多いのだ。そして、勇敢な男ほど、天寿を全うすることはない。

エヌヌの口を借りれば、「男はバカだから、すぐいなくなっちゃうんです。帰ってこない人間に、社会の運営なんて任せられないでしょう？」と言うことらしい。

なるほど、と思った。いかつく髭もじゃで屈強な男に対して、女は小さく愛らしいのはそういう棲み分けが太古から続いているからなのだろう。

それからしばらくは、どこか本題からずれたハウゼンの興味本位の質問が続いた。応対するエヌヌも、地球との対比を面白そうに聞いていたので、あながち失礼をしているとも思えなかった。

「かねがね私は不思議に思っていたのですが、何故エフィドルグに襲われる星の住人は、人型なのでしょう?」とハウゼンがエヌヌに訊いた。

これはわたしも気になっていたことだ。人類もフラヴトもそうだし、何よりグロングルも人型だ。ソフィや上泉艦長、マーキス隊長も同じ疑問を抱いていたようで、期待の眼差しをエヌヌに向けていた。

問われたエヌヌは、きょとんとしていた。

「意外ですね。エフィドルグを退けたあなた方が知らないなんて。エフィドルグは我々星の兄弟の遠い祖先です」

「やはり、そうでしたか……」とハウゼン。

わたしを含め、みんなも同じ予想をしていたのだろう。誰も驚きはしなかった。

それに、ムエッタから聞いたことがある。辺境矯正官の仕事は、「エフィドルグが星々に撒いた種から育った種族を正しい道へと導く」ことなのだと。すべてが嘘ではなかったのだ。

ただ、それ故に分からないことがある。

「どうして、子孫を滅ぼそうとするんです?」

わたしの言葉に、エヌヌは頷いた。

「エフィドルグ自身が変質したと考えるべきでしょう。私たちを含む星間同盟の見解としては、エフィドルグが先祖であると知らずエフィドルグに攻め入った星があったのであろう、とされています」

ハウゼンが何度も頷いた。

「大いにありえると思います。そのような事件がなければ、種を撒いたという事実と矛盾してしまいますから。ちなみに、エフィドルグ人のサンプルはないのですか？」

エヌヌが苦笑いを浮かべた。

「なかなか面白い表現をされる方ですね」

すみません、この人ちょっと人類からずれてるんです。

「エフィドルグ人とされる種族と接触したことはありません。そして、未だエフィドルグの母星は、位置を把握できていないのです」

「そうですか……残念です……」

ハウゼンは、心底残念がっているようだった。

それまで聞き役に徹していた上泉艦長が口を開いた。

「私は、エフィドルグ人はもうとっくに滅んでいて、発展した文明を破滅させることを命令された自動機械が、ひたすら拡散しているだけなのではないかと思っているのです」

エヌヌが感心したように頷いた。

「星間同盟も同じ結論に至っています。エフィドルグの思考はあまりに愚かなのです。どう考えても、死と破壊しかもたらしていません……エフィドルグとは亜光速で銀河に広がり続ける亡霊なのです」

「では、エフィドルグを止める根本的な手段はないと？」と上泉艦長。

エヌヌは首を横に振った。

「自動機械であるなら、広がり続ける亡霊を止めるスイッチがあるはずなのです」

「エフィドルグの母星にはあるかもしれませんね」とハウゼン。

「簡単な道のりではないでしょうが、やりきらなければなりません。エフィドルグを止めない限り、銀河の星に真の安息は訪れないのです」

なんだか、途方もない話になってきた。

わたしはただ、剣之介に会いたいという想いだけでここまでやってきた。でも、半ば覚悟していたことではあるのだ。剣之介を追いかけるということは、銀河を股にかけた戦乱の渦に飛び込むことだと。

わたしは、意を決してエヌヌに語り掛けた。

「あの……お願いがあるのですが……」

エヌヌは優しい微笑を浮かべて頷いた。

「ゾゾンから聞いています。青馬剣之介を捕まえたいのでしょう？」

「はい！」

娘を諭すような口調でエヌヌは言った。

「でもね、由希奈。フラヴトの掟は、裏切り者を絶対に許さない。それに、エフィドルグに調整された者を元に戻せたことは、未だかつてないの。フラヴトだけではない、他の星でもそう」

わたしは、心の中で叫んだ。

――それがどうした！

わたしが何のために地球にあったすべて――家族も友人も、家や戸籍すら――を捨て去って銀河に漕ぎ出したのか。

剣之介に会うためだ。会って、共に生きることだ。

誰が許すとか許さないとか、関係ない。元に戻せたことがないというのなら、わたしが元に戻した最初の人になるんだ。剣之介がエフィドルグの辺境矯正官という不良になったというのなら、わたしが更生させてみせる。それが、剣之介矯正官たるわたしの使命だ。

絶対に退くわけにはいかない。振り返っても、もう何も残っていないのだ。わたしの存在理由は、未来にしかないのだから。

わたしは身を乗り出して声を振り絞った。

「それでも……！　絶対に、剣之介を取り戻します。元に戻せなかったというのなら、剣之介を第一号にしてみせます。ムエッタだって、最初はエフィドルグだったんです。剣之介だって、最初は野蛮な侍だった。何度でもやってみせます。わたしは、剣之介をもう失いたくないんです」

エヌヌはあくまで冷静だった。

「もし、どうあっても、剣之介を捕らえられないとなったとき、どうするの？」

「わたしが命にかえても、剣之介を取り戻します。剣之介を殺すという選択肢は、わたしにはありません。剣之介が死ぬときは、わたしも死ぬときです！」

わたしの啖呵《たんか》に目を丸くしたエヌヌは、声をあげて笑った。

「……一人の男を追いかけて、銀河を渡ってきただけのことはあるのね。あなたもまた戦乙女。気高い精神を持っているわ。いいでしょう。あなたの心意気に応えましょう。協力を約束します」

エヌヌの言葉に、涙腺が緩む。

「ありがとうございます」

「そのかわり、一つ条件を付けさせてもらいます」

「え……？」

わたしはキョトンとした顔を浮かべてしまった。傍らの上泉艦長は背筋を伸ばしている。

「エフィドルグを滅ぼすまで、共に戦うこと」

「かまいません」

即答してしまった。

どの道、剣之介を救い出して洗脳を解いたとしても、あの剣之介が戦いをおいて地球に帰るはずはないのだ。これも覚悟していたことだ。剣之介の行く道にわたしは最後まで付き合う。預けた命、預けられた命がある。わたしはまだ剣之介に命を返してもらっていないし、剣之介の命を返してもいない。お互いの命を返しあったときが、わたしたちの戦いが終わるときだ。そうしたら、地球に帰ろう。帰ってカレー屋をやろう。たとえ帰れなくとも、銀河の中心でカレー屋をやればいい。カレー屋・剣のCMを銀河中に流すのだ。

でも、〈くろべ〉の人たちは――？

もしかしてわたしは、とんでもないことを口走ってしまったのではないだろうか。どうしよう、わたしと剣之介だけで許してもらえるよう頼んだほうがいいだろうか。

上泉艦長とマーキス隊長が肩を揺すって笑っていた。

「我々老頭児《ロートル》が出る幕はありませんでしたな」とマーキス隊長。

艦長が頷いて、

「元より〈くろべ〉の任務は、地球へのエフィドルグの来襲を阻止すること。エフィドルグの息の根を止めない限り、その脅威がなくならないというのなら、最後まで付き合わせてもらいます」

エヌヌは満足げに頷いた。

「良き星の兄弟に巡り合えたことを、星々に感謝します」

○

フラヴトに滞在して三日が経った。

この三日間は、エヌヌと共に様々な式典に引っ張りまわされただけだった。

新たな星の兄弟を、他の士族に紹介するという大事なお仕事だ。

ユ士族以外の協力も取りつけなければならない以上、わたしが出ない訳にもいかなかった。

そして、案の定、行く先々で「戦乙女」と呼ばれ、身に覚えのない「戦乙女と共に戦った」自慢を幾度となく聞かされた。ただ、そのかいあってか、各士族との会合は終始スムーズに運んだ。

エヌヌは、はなからそのつもりでわたしを連れまわしたのだろう。最初に会った日から、強《したた》かな女性だと思っていたが、予想以上のパワフルお婆ちゃんだった。

そして、わたしが星中引き回しの刑を受けている間、〈くろべ〉のクルーや科学者たちは存分に異星ライフを楽しんでいたのだ。

ずるい、わたしも河岸段丘《かがんだんきゅう》を見つけに行ったり、地底湖探検とかしたかったのに。

四日目にしてようやくエヌヌから解放されたわたしは、ソフィと共にユ士族の街に繰り出した。ソフィはもうフラヴトに慣れたようで、現地の言葉を巧みに操って、買い物をしたりしている。わたしなんて、リディくんと繋がった翻訳機がないと、挨拶すらできないというのに。

ソフィが店先でフラヴトのおばちゃんと何やら話している。

数秒遅れて、リディくんが翻訳した音声が聞こえてきた。どうやら、地元オススメの郷土料理店を聞いているらしい。現地語で会話しているソフィは、おばちゃんと楽し気に談笑し、まんまとオススメの店を聞き出したようだった。

まさか、異星の人を笑わせるほどの会話力を身につけるなんて。ソフィ、恐ろしい子。

「体の重さには慣れましたか？」

ソフィが失礼なことをさらっと聞いてきた。

「重いとか感じてる暇なんてなかったよ……」

「それは何よりです。では、美味しいご飯を食べに行きましょう」

ご飯と聞いて、腹の虫が相槌を返した。正直な体で困る。

最初こそ、異星の料理に怖さがあったけども、いざ食べてみると地球のものと変わらない美味しさだった。そういえば、ゼルさんの好物は、牛タンシチューだったたか。同じ祖先を持つ者同士、味覚はそう変わらないのだろうか。

教えてもらった店に行く道すがら、様々な人を目にした。わたしたちを見ても、街の人が変な目で見ない理由がよく分かった。

この星は、異星人の存在が当たり前なのだ。

大半はフラヴトの人だけど、そこかしこに初めて見る種族の人がいた。ゼルさんと同じ種族であろう角の生えた人。どう見ても顔が猫にしか見えない猫っぽい人。アルミのような白銀の髪をしたフラヴトより小さくて綺麗で華奢《きゃしゃ》な人。

数えただけでも、六種族はいた。地球人を入れると七種族だ。

それだけの異星人が街を歩いている。

「銀河って色んな人がいたんだねえ」

「たぶん、これでも少ないほうでしょう。もっと昔にエフィドルグの支配を脱した星は、多くの種族がいると思います」

ソフィの言うこともっともかもしれない。フラヴトはわずか四十年前に解放された星なのだ。

目の前を歩くフラヴトの少女がリードを手に、ペットの散歩をしていた。この星でもペットを飼うという習慣があるのだ。

どんな動物を飼っているのだろうと思い、リードの繋がった先を見て驚いた。

「……ねえ、ソフィ。あの子が散歩してる動物っていうか……生物って、キノコだよね？」

「ええ、そうですよ」

ソフィはこともなげに答えたけど、わたしは何度も目を瞬いた。

どう見ても、キノコだ。とっても大きなブラウンマッシュルームにエノキダケのような足が生えた、キノコだ。キノコがキノコの二本足でとことこと走っている。

「ジニルーという生き物だそうです。欲しいなら、買ってみてはどうですか？　生物学的には、真菌類ですから正真正銘のキノコです。煮ると美味しいそうですよ」

色々と突っ込みたいところだけど、どこから突っ込むべきか迷いあぐねているうちに、キノコを散歩している少女は、どこかへ行ってしまった。

「銀河って、広いんだね……」

ソフィは何とも言わなかった。

その後、美味しい郷土料理の店でお腹いっぱい食べた。特にキノコが美味しかったけど、深くは考えないようにした。

その日は、エヌヌが用意してくれた高級ホテルっぽい宿でぐっすりと眠った。

いろんなサイズの人が泊まるからだろう、べらぼうに大きなベッドだった。部屋に入る前に、フロントマンから「ベッドの硬さはいかがいたしましょう」と訊かれた。意味がよく分からなかったが、「フカフカで」と答えた。

そのせいだろう、ベッドは予想を遥かに超えてフカフカだった。身を横たえると、マットレスの壁が体の周りにそそり立つほどだった。もし、「カチカチで」と言ったら、コンクリートのような硬さのベッドになったのだろう。フカフカにしておいてよかった。

フカフカのベッドで眠りに落ちたわたしは、夢を見た。

ただ、変な夢だった。夢の中でも普通は時間の連続性があるのに、その夢は細切れにされた断片の連続だった。

砂嵐の中クロムクロがグロングルと戦っていた。瓦礫と化した市街地を剣之介が歩いていた。宇宙でクロウを背中につけたクロムクロがエフィドルグ船に斬り込んでいた。

どこかの知らない川で剣之介が褌いっちょうで水を浴びていた。珍しく長い髪を下ろしている。そういえば、髪を下ろした剣之介をあまり見たことはなかったかな。たまに風呂上がりに、洗い髪そのままで縁側で涼んでいた。たいがいは小春に変な髪型にされていたけど。

水を頭からかぶった剣之介が振り向いて笑みを浮かべた。あの頃と少しも変わっていないと思っていたけど、体中に傷が増えていた。腕に新しい切り傷があった。心なしか、痩せたような気がする。

ちゃんと食べているのだろうか。

そんなわたしの心を読みでもしたのか、剣之介はわたしを安心させるように、頭をポンポンとした。

「アンタ、一度だってそんなことしてくれたことなかったでしょ」

そう言ってやったが、剣之介はただ優しい笑みを浮かべるだけで、何も言ってはくれなかった。いや、剣之介は何かを言っていた。

——だけど、言葉は何も聞こえなかったのだ。

次の日の朝、ソフィが迎えに来てくれた。

今日は、フラヴト宇宙軍の司令部で会合だ。いよいよ、剣之介をとっつかまえる作戦の発動だ。

ソフィの横にフラヴトの女性がいた。小さくて気がつかなかった、などとは失礼すぎて言えない。

その女性は、名をケ・リララと言った。司令部付きの連絡将校だそうだ。

フラヴトの女性は、みんなまるまるとしていて愛らしい。髭もじゃでいかつい男共と違って、顔も体も柔らかい輪郭を持ったマシュマロのような存在だ。

そんな柔らかな外見とは裏腹に、リララは男前な思想の持ち主だった。

「着ぐるみに乗れるのは男だけというのが納得いかないんです。女だって、着ぐるみに乗れば、男と対等に戦えます。何より、女の身でありながら、〈くろべ〉の着ぐるみ部隊を率いるソフィ殿のような方もいらっしゃるのです。今のような宇宙時代こそ、男も女もない登用をすべきなのです」

そう熱く語るリララは、ぷりぷりしながら司令部へと案内してくれた。失礼ながら、ぷりぷり怒っている顔がとっても可愛いと思ってしまった。

その道すがら、ソフィに昨晩見た夢の話をした。

「由希奈も剣之介の夢を見たのですか？」とソフィは目を丸くして言った。

「……も？　てことは、ソフィも見たの？」

「ええ」とソフィは頷いた。

ソフィの夢に剣之介が出てきた……。

モヤっとした感情が湧き上がりそうになったが、無理やり抑え込んだ。

最近のわたしは、どうもヨカラヌ感情が荒ぶって困る。剣之介が裏切り者と言われ、わたしの知らない剣之介の映像を見たからだろうか。そうだ、剣之介のせいだ。

「ただ、何も絵が思い出せないのです」とソフィ。

「絵……？　映像ってこと」

「そうです。剣之介と言葉を交わした、ということは覚えているのですが……」

音のなかったわたしの夢と反対だ。

「剣之介、なんて言ってたの？」

「俺はここにいる。何も心配することはない、と……川のせせらぎが聞こえていたので、川の近くだったのでしょう」

川の音が聞こえたというのなら、水浴びをしていた剣之介が言ったのだろうか。映像が思い出せないとソフィは言うけど、むしろ声が聞けたことが羨ましい。そんな優しい言葉、一度だって言ってもらったことない。あれ、一度ぐらいはあったっけ。というか、あったとしても、一回ぐらいしかなかったということだ。何だか腹が立ってきた。

ソフィは何故か苦笑いを浮かべた。

「それと……由希奈に、すまぬと伝えてくれ、と言われました。場所はどこだか分かりませんでした。でも、本当に失礼な人だと思いませんか？」

「はい……思います。レディの夢に現れて、別の女に言伝《ことづて》を頼むなんて、万死に値すると思います」

と、わたしが言うと、ソフィはころころと笑った。

ソフィに感謝しないといけない。ちゃんと伝えてくれたのだから。

心配するな、とすまぬか……帰りが遅くなるよってことだろうか。そんなわけはないだろう。なにぶん情報が少なすぎる上に、夢の話だ。あまり気にし過ぎないほうがいいかもしれない。

「んでも、同じ夢を見るなんて、不思議なこともあるもんだねえ」

とわたしが言うと、リララが「ああ、同じ夢ですか」と言った。

「この星では、他人と同じ夢をみるということが、よくあるのですか？」とソフィが訊いた。

「はい。この星には、エフィドルグの施設がまだいっぱい残っていて、その中に、夢を集める装置があるそうなんです」

「夢を、集める……？」

「私も詳しくは知らないのですが、夢を通じて、人の意識データを収集している装置なのだそうです。その装置を通じて、他人の夢が流れ込むことがあるとかないとか」

リララもあまり詳しくはないのだろう。どこか曖昧な物言いだった。

「エフィドルグの施設を放置しているのですか？」

ソフィが不思議そうな顔をして尋ねた。

わたしもそう思う。蛇蝎《だかつ》のごとく嫌われているエフィドルグの施設をほったらかしというのも、フラヴトらしからぬことだ。

そう訊かれたリララは苦笑いを浮かべた。

「実は、予算がなくて、実害のない施設は放置されているんです。集めたデータを遠くの星に送るアンテナはとっくにぶっ壊しているので、後回しというわけです。それに、この星はなんでもかんでもすぐ錆びるので、十年と経たず屑鉄でしょう」

と言って、リララはアハハと笑った。

可愛くともやはりテキトーさはフラヴトだった。

あの夢は、ただの幻だったのか。それとも、どこかで剣之介と繋がっているのだろうか。

○

フラヴトの宇宙軍司令部は、街の建物と一味違っていた。

天井が高いのだ。それに、ドアも椅子も幅が広くて高さもある。椅子に至っては、自動高さ調整機能付きだった。

わたしは椅子に座ったり立ったりしながら、椅子をしげしげと眺めていた。

「なにこの椅子、欲しい……」

「いいですよね、この椅子。宇宙軍は様々な星の兄弟がいらっしゃるので、特別に作られたものなんです。でも、そのおかげで、とってもお高いそうですよ」

リララも狙っているようだった。

他愛のない話をリララとしているうちに、ゾゾンを始めとする艦隊士官や、〈くろべ〉の艦長、副長、宙兵隊隊長がやってきた。

この四日間で、お互いの情報交換はかなり進展したようで、わたしの知らない間に、大まかな作戦の目途はついているようだった。

一同が集まったところで、ゾゾンが挨拶をした。

「諸君、よく集まってくれた。前置きは無しだ。青馬剣之介捕縛作戦を立案する」

この辺は、フラヴトの美点だと思う。

回りくどいことをとにかく嫌がる。というか、回りくどい話し方をしても通じない。だから、地球流の遠回しの皮肉などまるで伝わらないのだそうだ。伝わる必要もないのだけど。

「敵の拠点について、進展があったので報告します」

と言ってゾゾンの副官が立ち上がった。副官が携帯端末を操作すると、部屋の中央に映像が浮かんだ。

射手座26星系を中心とした、比較的広い範囲の星系図だ。

「長い間、エフィドルグ船の拠点が不明でしたが、〈くろべ〉の科学者の協力によりその位置を特定できました」

「素晴らしい！」とゾゾンが声をあげた。

なんというか、褒め方も大雑把だ。

上泉艦長が苦笑いを浮かべて頷いた。

実際、〈くろべ〉の科学者はいい仕事をしたらしい。その辺のことは、マナから自慢話のように聞かされた。

フラヴトは何度も襲撃してくる剣之介の乗ったエフィドルグ船を捕捉しそこねたばかりか、エフィドルグ船の拠点となっているであろう天体の特定に至っていなかったのだ。

そもそも、エフィドルグの船は「実時間での長時間航行」に適した構造をしていない。生命維持関連が希薄なのだ。航行中に攻め入る星の情報を入手してクローンを製造し、到着と同時にグロングルに入れて放り出すという、「生きる」ということを根本的に無視した造りなのだ。

そのせいで〈くろべ〉で最も大きかった改修が、生活環境だった。おかげで、かさばるトラクタービーム発生装置は地球に置いてこざるを得なかった（というか、「置いていけ」と言われた）のだが、長時間の航行にはそれだけ必要な機器と物資が多いのだ。

にもかかわらず、剣之介の乗った船は幾度も襲撃を繰り返している。

簡単な推測だ。

物資搭載量の少ない船は、どこかで補給を受けなければならない。そして、その補給拠点は中の人が干からびる前に辿り着ける場所でなくてはならない。

要するに、近場にあるということだ。

とはいえ、射手座26星系から一光年以内に他の恒星系はない。それに、質量の小さい星では、補給拠点として危うい。他の恒星の重力を受けて、簡単に軌道が変わるような木っ端《こっぱ》小惑星では戻るに戻れなくなる。

よって、ある程度近場で、それなりの質量のある星ということになる。ただ、そこまで絞ったとしても、とんでもない広さの空間が広がっている。黒部ダムに、一枚だけ浮かんでいる桜の花びらを見つけるようなものだ。

そこで〈くろべ〉の科学者は、フラヴトから剣之介の乗ったエフィドルグ船の襲撃ベクトルと、逃走するときの航路データを取り寄せた。

そのデータをリディくんとマナに読み込ませ、エフィドルグ船の予想航行距離を入力し、「エフィドルグ船の補給拠点を予想せよ」と宿題を与えるとあら不思議、わずか一日でごく狭い範囲に絞り込めたのだ。進歩しすぎたＡＩってなんだか怖い。

怖いＡＩが弾き出した答えを元に、物理天文学者が様々な観測をした結果、ついにエフィドルグ船の補給拠点となりうる天体を発見した。

その天体は、射手座26の恒星から、わずか〇・〇三光年、十光日の距離に浮かんでいる自由浮遊惑星だった。その星は、どの恒星系にも属さない宇宙の迷子星だ。質量は木星の約二十倍。軽すぎて恒星になり損ねた褐色矮星《かっしょくわいせい》だった。褐色矮星は核融合反応を起こせないので、可視光線を出していない。なので、とっても見つけづらい。ただ、大昔に重水素でちょっぴり核融合をしたおかげで、余熱を持っている。ということは、赤外線は放射しているのだ。その赤外線を〈くろべ〉の科学者が捉えた。

〇・〇三光年という距離は、一〇G加速のできる〈くろべ〉なら、片道二十日の距離だ。ほぼ四十日ごとに襲撃を受けたという事実とも合致する。

「その褐色矮星で、ほぼ間違いないでしょう」とハウゼンが報告に太鼓判を押した。

やってくる方向と、次にやってくる時間が分かってしまえば、取るべき作戦は簡単なものになる。

「では、剣之介を捕らえるための罠を張るか」と艦長が言った。

「待ち伏せ、ですね」

ソフィが不敵な笑みを浮かべた。

〇

作戦が決まってからは、慌ただしい出航準備に追われた。〈くろべ〉やガウスは戦闘前の総点検だ。

　といっても、追われたのは船のクルーや整備班のみなさんで、わたしは「早く出航しないかな〜」と他人事だった。そもそも、マナタは整備のしようがない。ほんと手の掛からないイイ子だ。

　それと、とっても大事な食料の調達。例の歩くキノコを積む積まないでひと悶着あった。食うのか飼うのかどっちなんだ、とどうでもいいことで科学者のみなさんはケンケンガクガクしていた。結局、フラヴトのように高温高湿でないと発育しないということがわかり、低温低湿の〈くろべ〉で栽培（?）するのはエネルギー収支的にお得でないと計算されて、歩くキノコの調達は見送られた。

　そうして、出航準備が整い、満を持して出航してはみたものの、所定の位置についてからはひたすら待ちだった。

　作戦としては、すごく単純なものだ。

　襲撃予想ルートを受け止めるように、〈くろべ〉とフラヴトの航宙艦二隻で大きな三角形を作る。

　配置された三隻の船は重力推進機関と、アクティブセンサーをすべてオフ。

　この時点で、宇宙に浮かぶただの石ころと区別がつかなくなる。もっとも、光学センサーでしっかりと観測すれば、形から船であるとばれるのだけど、どこにいるか分からない宇宙を漂う船を見つけることなど、よほどの幸運がない限り不可能だ。

アクティブセンサーをすべて切るということは、航宙艦にとってみれば、夜道を灯りなしで歩くのに等しい。でも、条件は向こうも同じだ。エフィドルグ船もアクティブセンサーを切り、慣性航行で射手座26星系に入ってくるはずだ。今までなら、侵入を察知することはできなかったろう。

それでも、やってくる方向が分かっていれば、観測機を多めに配置することで目の代わりになる。実際配置されたのは、高出力レーダーを搭載した無人観測機だ。レーダーの捉えた情報は、逐次第三惑星方向へと送信される。送信幅は広めにとっているため、レーダー情報の送信方向から、船の位置がばれる心配もない。

最初の一日は、何も起きなかった。

宇宙でただじっとしているというのも、なんだか落ち着かない。厳密には完全に静止しているわけではなく、第三惑星の公転周期と一致させている。といっても、公転周期が十五年の惑星と同じ速度で移動しての一日だ。やはり、止まっているに等しい。

「暇だねえ……」

わたしは炬燵でゴロゴロと転がりながらぼやく。

向かいに座るソフィは炬燵で丸くなりながらも、携帯端末で戦術シミュレーションに余念がない。

「今日、十七回目の、暇だねぇ……ですね」

「え、嘘。そんなに言った？」

「嘘です。テキトー言いました」

「……ソフィがテキトーを覚えた。これはますます隙がなくなる」

「そういうものですか？」

「フラヴトのせいだね、うん」

と言って大あくびを漏らしたときだった。

〈くろべ〉の艦内放送用のスピーカーから警報が鳴り響いた。

「来たようですね」とソフィ。あくまで落ち着いている。

「……うん」

「ひとまず、ブリッジに行きましょう」

炬燵から抜け出して、ソフィと一緒に艦橋へと向かう。

艦橋への道すがら、同じタイミングで部屋を出たのであろう、茂住さんと鉢合わせた。

「いよいよでございますね」

「ええ。借りを返さないといけません」とソフィ。

借り、とは先日の輸送船のことだろうか。それとも、ソフィは剣之介に何か仕返ししたいことでもあるのだろうか。ありそうで怖い。

警報が鳴ってはいるけども、艦橋のみんなは落ち着いていた。

エフィドルグ船を察知したとはいえ、まだまだ距離があるからだ。

「予想通りの進路だ。速度も前回と変わらないな」と上泉艦長。

レーダーが捉えたエフィドルグ船は、〇・三光速の慣性航行でこの星系に入ってきたところだ。予想ベクトルは第三惑星。

これも前回と同じだった。なんだか、同じすぎて拍子抜けした気がしないでもない。

レーダー画面には、ぼんやりとしたエフィドルグ船の大きな白い点が一つ。

このままの進路を取れば、〈くろべ〉とフラヴトの船で作る三角形の真ん中に飛び込むことになる。そうなればこちらのものだ。一気に三隻で囲んで、接近戦に持ち込む。

そのときだった、レーダー手が驚きの声をあげた。

「エフィドルグ船から、レーダー照射を確認！」

艦長の眉間に縦皺が刻まれた。副長も怪訝な顔でレーダー手に問うた。

「間違いないな？」

「はい！」

「今まで、エフィドルグ船がレーダー波を出したことがあるか？」と艦長。

「ありません！」とレーダー手がすぐさま答えた。

「フラヴトの一番艦に、レーザー通信」

そう艦長が命じると、すぐさま通信手が回線を開き、モニター上にゾゾンが映った。

「どうした、オサム？　敵はまんまと網にかかったようだが」

「確認をしたい。今まで、襲撃に来たエフィドルグがレーダーを使ったことがあるか？」

ゾゾンが怪訝な顔をした。

「……ないな。自らの居場所を明かすような手を打つとも思えんが」

「そちらでも、エフィドルグの放ったレーダー波は捉えているな？」

ゾゾンは横に顔を向けた。レーダー手と話をしているのだろう。

「……ああ、今しがた受信した。しかし妙だな。こんなことは初めてだ」

〈くろべ〉のレーダー手が再び叫んだ。

「敵がベクトルを変更！　予想進路は……二番艦です！」

艦長がゾゾンに言った。

「聞いたな？　作戦変更だ。二番艦と合流する」

ゾゾンも大きく頷いた。

「やはり楽には勝たせてもらえんな。二番艦には、こちらと合流するよう指示を出す」

ゾゾンとの通信を切った艦長は、すぐさま命令を出した。

「機関点火！　両舷前進一杯！　二番艦に進路を取れ。ベクトル調整は任せる」

各部署が復唱し、すぐに重力推進機関が動き始めた。

そうして、艦長は顎に手をあてて渋面を作った。

「しかし、分からんな。どうして、今回に限って戦術を変えてきた？」

「こちらが増設したレーダー波をキャッチしたからでしょうか？」と副長。

「それについては、入念なシミュレーションをしたはずです」とソフィ。

そうなのだ。観測機を配置するにあたって、「レーダー波でにぎやかにならないよう」レーダー波の発信タイミングや出力を巧妙に調整したはずなのだ。

「襲撃されるたびにフラヴトはレーダーを増設してきたと言っていましたので、少々レーダー波が増えたからといって、突然戦術を変えるとは思えません」と茂住さん。

艦長が腕を組んで考え込んだ。

「では、何故だ……？　前回の襲撃と今回で、何が違う？」

ふと思ったことを言ってみた。

「あの……わたしたち、じゃないですか？」

わたしの言葉に、全員の頭の上に「？」が浮かんだ。

真っ先に気づいたのはソフィだった。

「〈くろべ〉の存在です！　〈くろべ〉は漂流船を助けるために、最大加速をしました。この星系から離脱途中だったエフィドルグ船は、〈くろべ〉が放った重力波を観測したはずです。さらに、救援に先立って共通語で通信電波を飛ばしました」

艦長が唸った。

「自分たちと同程度の重力推進機関を持った船が、エフィドルグに襲われた船を助けると名乗りを上げた……エフィドルグからすれば、敵の船が一隻増えたと判断するに十分な情報だ」

「今回の敵の動きは、最初から待ち伏せを考慮していたと……」と副長。

艦長が悔し気にコンソールを拳で軽く叩いた。

「敵の読み勝ちだ。戦力が増えた相手がどのような戦術をとってくるか……我々と同じように奴らも考えたのだ」

副長が首を捻った。

「……レーダーを使ったのなら、こちらが三隻で待ち構えていると把握したはずです。二番艦に真正面から一当てして、すぐに離脱するつもりなのでしょうか？」

艦長は副長の意見に納得はしていないようだった。

三対一だけども、一隻ずつ叩いていくつもりなのだろうか。ちょっと無茶だと思う。ほぼ同じ規模の船と三回も戦えるものだろうか。エフィドルグ船も三隻いれば、話は違ってくると思うのだけど……。

「……あの、敵も一隻なんですか？」

ほぼ全員がわたしに振り向いた。

確かにレーダーには白い点は一つしか映っていない。ただ、ぼやけた大きな点ではあった。

レーダー画面を見つめた艦長が、ハッとしてレーダー手に叫んだ。

「レーダー照射だ。出力最大で、分解能も最大まで上げろ。こちらの位置が知られてもかまわん！」

一瞬だけ躊躇したレーダー手だったが、すぐさま命令を実行した。

〈くろべ〉から発信されたレーダー波は光の速さでエフィドルグ船に到達し、光の速さで反射波を戻してきた。

拡大されたレーダー画面には、超至近距離に近づいて一団となった、三隻のエフィドルグ船が映っていた。

艦橋にどよめきが満ちた。

「三隻⁉」副長が悲痛な叫びをあげた。

「このままでは……」ソフィも息を呑んでいる。

艦長が唸り声をあげた。

「……各個撃破されるぞ」

第四話　『燃える宇宙』

レーダー画面には、分解能を最大まで上げたレーダー画像が映し出されていた。

三隻のエフィドルグ船が身を寄せ合うように接近している。宇宙の距離感で言うなら、手を繋いでいると言ってもいいほどにくっついている。

「いったいどうやって……」

副長がレーダー画面をじっと見つめたまま唸った。

由希奈は副長の疑念に頷いた。

エフィドルグ船の推進方法は、〈くろべ〉と同じだ。反重力場を生成して、船を押してもらうというものだ。ということは、自分の船のエンジンのせいで、お隣さんを遠くへ押しやってしまうはずなのだ。なのに、すごく近い距離を保ったまま一団となってフラウトの二番艦に向かっている。

「映像、出せるか？」と上泉艦長。

「はい」とレーダー手が答えると、すぐさまモニターに遠く離れたエフィドルグ船の一団が映し出された。

まだまだ距離がある上に、〈くろべ〉は最大出力で加速中だ。映像が若干歪んでいる。

ＡＩが画像を自動補正すると、宇宙の闇と同じ色をした船が微かに見えてきた。シルエットはくっきりとしたものの、細部は朧《おぼろ》だ。でも、闇の色と違う、緑色の光がエフィドルグ船同士を繋いでいることが見て取れた。

そうだ、この緑色の光は――。

「トラクタービームですね」

ソフィに先に言われてしまった。

エフィドルグ船が持つ、なんでも引っ張ったり押したりできる怪光線だ。

「お互いの重力推進機関の斥力を、トラクタービームで引き合うことで打ち消しているのです」

艦長が唸った。

「完全に出し抜かれたな。しかし、見事だ。敵の戦力を冷静に分析し、こちらの思い込みをついてきた」

茂住さんが頷いた。

「ええ……我々は、勝手に予想してしまいました。エフィドルグ側に船は一隻しかないと……」

「歳は取りたくないものだな……補給、修理、乗員の疲労、それらを考えれば、一隻の船で何度も襲撃を繰り返すことなどできないと気づくべきだった」と艦長が悔し気に言った。

わたしは思わず呟いた。

「んでも、なんか剣之介っぽくないなあ……頭良すぎじゃない？」

「二〇〇〇年も宇宙で戦っているのです。彼だって成長します。剣之介はバカではないと由希奈も分かっているはずです」とソフィ。

「そうかもだけど……」

二〇〇年。まだ二十四年しか生きていないわたしには想像できない時間だ。そんな膨大な時間を剣之介は戦ってきたのだ。わたしとの約束を果たすために。

剣之介がエフィドルグに捕まってしまったのは、わたしのせいでもあるのだ。

やめよう……誰のせいとかじゃない。誰のせいとか言ってもしょうがない。剣之介がエフィドルグになってしまったというのなら、他ならぬわたし自身の手で救わなければいけないのだ。それが、わたしの使命だ。ムエッタがわたしに剣之介を返すことが使命だと言ったように、わたしの命に代えても、剣之介を取り戻さなければいけない。

レーダー手が叫んだ。

「エフィドルグ船が二番艦と接触するまで、あと六十秒……エフィドルグ船が散開しました！」

密集していたエフィドルグ船がトラクタービームの鎖を解き、綺麗な三角形を作るように進路を変えていた。

「二番艦を囲む気だな。二番艦の動きは？」と艦長。

「こちらと合流するベクトルをとってはいますが、ほぼゼロからの加速ですので……間違いなく追いつかれます」と副長。

「追いつかれてしまえば、トラクタービームで足止めをされると思われます」と茂住さん。

航法士官が先回りして報告をあげた。

「当艦が二番艦に接触できるのは、六百八十秒後です！」

エフィドルグ船のグロングル搭載機数は九十機。ほとんど無人機とはいえ、都合二百七十機ものグロングルが出てくるのだ。地球にやってきたエフィドルグと同じ陣容だとすれば、圧倒的な性能を誇る指揮官機が十八機もいることになる。

対して、フラヴトの船は、「着ぐるみ」と彼らが呼ぶずんぐりむっくりのグロングルを四十機積んでいる。すべて有人機だから、ヘッドレスのような無人機に後れを取るとは思えないけど、指揮官機は別格だ。

そんな絶望的な戦力差で、十分近くもの間フラヴトの二番艦はエフィドルグ船三隻に袋叩きにされる。

無理だ――と誰もが思ったはずだ。

でも、この戦いに負けてしまったら、剣之介を取り戻すことなどできない。

「あの……マナタなら先行できると思います」

わたしのその言葉に、全員が驚きの表情を浮かべて振り向いた。

「ダメだ……」

艦長は反射的に言ってしまったようだった。考えずに発言してしまったことに微かな後悔があったのだろう。すぐに視線を逸らした。

「少なくとも、時間は稼げます。戦力の逐次投入という愚を犯すことになりますが、今一番必要なのは時間です。やってみる価値はあると思います。ここで敗北するわけにはいきませんから」

ソフィはわたしの決意を感じ取ってくれている。この上ない援護射撃だ。

「私もお嬢様の意見に賛成です」と茂住さん。

艦長は、わたし、ソフィ、茂住さんと順に見つめ、苦笑いを浮かべた。

「黒部の生き残りが揃って出撃を言い出した以上、そうすべきなのだろうな。君たちの判断を受け入れよう」

そう言った艦長は、わたしをじっと見つめた。

「白羽くん。君が死んでは意味がないからな」

わたしは笑みを浮かべて艦長の気持ちに答えた。

「剣之介を捕まえるまで、死ぬ気はないです。あ、捕まえてからも死ぬ気はないですよ」

艦長は、苦笑いを浮かべながらも頷いた。

「マナタ出撃準備！」

○

——ヤバイ。

パイロットスーツが前よりきつくなってる。

フラヴトで美味しいものをいっぱい食べ過ぎたからだろうか。いや、そうじゃない。筋肉が増えたのだ。そうだ、フラヴトの高重力のおかげで筋肉がついたのだ。そうに違いない。そうであってほしい。

儚い希望を体と一緒にきついパイロットスーツに押し込んで、マナタのコクピットに飛び込む。

「マナ、準備できてる？」

「九秒前に完了しています」

相変わらず良くできた娘だ。あれ、娘だっけ。いやいや、妹だ。妹。

「私の中では、由希奈は母です」

「……妹という設定でお願い」

と軽口をたたきながらも、視線を走らせて機体の状態が万全であることを確認する。

マナタの〝紋〟はフラヴトの協力を経て、〈くろべ〉と同じコードに書き換えてある。これでもう、エフィドルグと見做されることはないはずだ。同じ悲劇を起こさないようにと、リディくんにはフラヴトから貰った書き換えツールをインストールしてある。

酸素残量が少ないだけで、何の問題もないことを確認して、すぐに射出デッキへと機体を移動させた。

漂流船の自爆に巻き込まれた際に、前腕と脛《すね》に若干の溶解が見られたけども、それらはすべて綺麗さっぱり元通りになっていた。そもそも、この子は勝手に治る子だ。〈くろべ〉の整備班のみなさんは手を出せない。出せない代わりに、マナの注文には細かく応えてくれる。主食である鋼の炭素が多い少ない、クロムとモリブデンがもっと食べたい。ヒ素と硫黄は嫌い。案外、好き嫌いが多かった。そんな我儘《わがまま》をきいてくれた整備班のみなさんには、こんどお萩を御馳走しよう。フラヴトで、米っぽい穀物と小豆っぽい豆を入手できたのだ。

歩くたびに正面モニターにちらりと映るマナタの前腕は、色艶《いろつや》さえ以前と同じ状態に見える。あの反物質炉が燃えつきる光が目に焼き付いて離れない。人生二度目の目撃だけど、思い出すたびに胸が軋む。

もう、あんなことは御免だ。

戦いに勝たなければという思い以上に、フラヴトの人を助けたかった。

マナの誘導で機体はすぐに射出デッキへと辿り着き、マスドライバーのチャンバールームへと入った。

「ちょっと待った。手土産を持っていけ」とは、艦橋の砲術士官だ。

「手土産……ですか?」

なんだろう。まさか、フラヴトの人に差し入れとかではないと思うけど。

「AGGCMのようです」とマナ。

一瞬、マナが何と言ったのか考えてしまった。

ああ、そうか、ＡＧＧＣＭ――対グロングル重力子相殺ミサイルだ。今までマナタが使ったことがなかったから、すぐにはピンとこなかった。

すぐ横に、ＡＧＧＣＭ二発入りのランチャーを二つ抱えたガウス一号機が来ていた。

「由希奈、これを。使い方はマナが知っているはずです」とソフィ。

「分かる？　マナ」

「問題ありません」

返事をしつつも、マナタはガウス一号機からランチャーを受け取り、脇に抱えていた。

「由希奈、無理だけはしないでくださいね」

ガウス一号機が後退してマスドライバーのチャンバールームから出ていくと、シャッターが閉まった。

ソフィの心遣いはありがたいけど、無理をしなきゃいけないときがある。

今がそのときだ。

「マナタ、発進準備完了！」

砲術士官に報告をすると、マナが割り込んだ。

「射出速度は、ガウスの十六倍でお願いします」

さすがにその数字に砲術士官も驚いた。

「……え、いや、いけるのか?」

マナはわたしの決意を感じ取ったのだ。この子がそう言うのなら、任せていいだろう。

「はい。いけると思います」

砲術士官は一瞬だけ考え、頷いた。

「分かった……死ぬなよ」

一〇Gで加速する〈くろべ〉から、さらに加速されたマナタが文字通り弾丸となってマスドライバーから射出された。

○

強烈な慣性で、背中がシートに押し付けられる。

マナタの慣性制御機構をもってしても、さすがにあの加速度を相殺しきれなかったのだ。

それでも、体に痛みはない。

「由希奈の物理的限界から逆算したので大丈夫です。以前より若干脂肪分が増えていたので、衝撃吸収能力は上がっていると思います」

さすがに慌てた。

「ちょっ……!」

出撃中はログが残るのだ。よほどのことがなければ人が見ることはないだろうけど、記録として残るという事実がとっても良くない。

「それ言っちゃダメ！」

「了解しました。次から気をつけます」

とマナが無感動に応じた。

分かってて言ったな……あとでおしおきだ。おしおきで思い出した。そういえば、マナは映像ライブラリに接続できない状態が一週間続いたのだった。マナは何度も接続のおねだりをしてきたが、わたしは頑としてそれを撥《は》ねつけた。それのお返しということだろうか。ありえそうで怖い。

「捕捉しました」

とマナが言うと、正面モニターの一角に超望遠映像が映し出された。

フラヴトの二番艦が、エフィドルグ船三隻からトラクタービームの照射を受け、〈くろべ〉とは逆方向へと引きずられていた。少しでも〈くろべ〉や一番艦との接触を遅らせせようという魂胆なのだろう。理にかなっているが、見てると嫌な気分になってくる。

二番艦の表面から、間欠泉のように何かが噴き出していた。グロングルに斬られて破られた装甲から、船内の空気が漏れているのだ。空気と一緒に、色々なものが宇宙へと放り出されている。

「早く止めないと……」

「戦況分析完了しました」とマナが言うと、望遠映像が拡大されて敵味方で色分けされたマーカーが二番艦を取り巻いた。

圧倒的にエフィドルグの赤いマーカーが多い。太い二重の赤い枠で囲まれた指揮官機は一八機いる。エフィドルグは全機を投入したのだ。

緑色のマーカーが付いたフラヴトの着ぐるみは二番艦の周りに押し込まれた格好だ。それでも、フラヴトの着ぐるみも善戦してはいる。宇宙戦仕様の黒いヘッドレスを次々とぶっとい斧で両断していた。ただ、フラヴトは指揮官機を一機も落とせていないようだ。

黒いヘッドレスはシルエットこそ地球にやってきたものと同じだが、背面に重力スラスターを装備している。フラヴトに貰った資料にはこと細かな説明がついていたけど、一番目を引いたのはヘッドレスの名前だった。エフィドルグではゴウマ（降馬）と呼んでいるらしい。どっちにしろ少々オバカなヘッドレスだ。マナに情報は読み込ませておいたから大丈夫だろう。

問題は指揮官機だ。

「マナ……剣之介の機体って分かる？」

「はい。形状はフラヴトから貰った情報で把握しています。ですが、現在視界内にはいません」

辺境矯正官・青馬剣之介の纏うグロングルは、クロムクロによく似たスマートな機体だった。機体名はハライ（波羅夷）とされている。ヘッドレスを撃破した際に、指揮官機の情報を引っこ抜いたと言っていたから、フラヴトにもハッカーと呼ばれる人たちはいるのだろう。あの肩幅とぶっとい腕でキーボードをガタガタと叩く様を想像してしまい、妙な笑い声が出てしまった。

ちなみに、カラーリングはご丁寧に黒赤だそうだ。エフィドルグのやることに文句を言ってもしょうがないのだけど、ほんとやめてほしい。

でも、剣之介のグロングル・ハライは今は視界内にいないという。

やるなら今だ。

「マナ、ミサイル撃てる？」

「ＡＧＧＣＭの誘導リンクと火器管制システムの最適化は完了しています。いつでも発射可能です」

なんというか、グロングルという兵器は汎用性が高すぎる。人とほぼ同じ動作をしながらも、高度な処理を自前で行える。人が乗る必要ないんじゃなかろうか。

わたしの疑問をイメージで感じ取ったのだろう、マナが口を開いた。

「私はあくまで、支援機構です。エフィドルグの設計思想は、人の身体拡張の究極を目指したようです。私にとっての最重要禁則事項は、命令なき自律行動と命令違反です」

ちょっと気になった。

「もし、パイロットの言うこと聞かなかったらどうなるの？」

「即座に自爆します。パイロットの生死にかかわらず、です。私の管理下にないハードウェアである断罪機構からの命令ですので、書き換えはできません」

聞くんじゃなかった。

やはりエフィドルグは、やることが病的だ。

「よし……ミサイル発射準備」

「ＡＧＧＣＭの誘導装置と接続……脅威度が高く、命中が期待できるターゲットを選定します」

正面モニターに、ミサイルのロックオンマーカーが四つ浮かび、散っていった。四つのマーカーは、二重の赤い枠で囲まれた指揮官機と重なった。

どうせやるなら指揮官機だ。命中さえすれば、ヘッドレスも指揮官機もお構いなしなのだ。

「誘導パターンの入力完了しました。発射命令をお待ちします」

一瞬迷った。

指揮官機に乗っているのは、どこかの星の人のクローンだ。それでもちゃんと心はある。造られた存在とはいえやはり人だ。ムエッタだって、悩んで迷ってそれでも生きたいと願ったのだ。

でも、自分がやらないといけないのだ。自分が迷ってるうちにフラウトの人は死ぬし、次は〈くろべ〉の番なのだ。

だけど――やっぱり、嫌だな。嫌だけど、剣之介と会えないのはもっと嫌だ。

わたしは自らの迷いを振り切るように叫んだ。

「発射！」

マナタの両脇に抱えられたランチャーから、四発のミサイルが一斉に発射された。

一〇G加速する〈くろべ〉から、さらにマスドライバーで猛烈に加速されたマナタからの発射だ。初期速度は秒速三十㎞を超えていた。

固体燃料ロケットに点火したミサイルは、一見でたらめに飛んでいるような軌道をとり、それぞれが独自のルートでフラヴトの二番艦へと向かって行った。

ＡＧＧＣＭは、ガウスと同じ重力制御機構を積んでいるので慣性制御が可能だ。なので、無茶な軌道変更にも余裕で耐えられる。ただ、ターゲットから斥力ビームの照射を受けると、慣性制御はできなくなる。それまでが勝負だ。

「命中まで十二秒」

「よし……この速度を生かすよ。さらに加速して、指揮官機を狙う」

「了解」

マナタは空になったランチャーを捨て、背中の重力推進機を全開にしてさらに加速していった。

目の前にエフィドルグ船三隻とフラヴトの二番艦が迫ってきた。あれだけの距離があったのに、見えたと思ったらあっという間に目の前だ。

「ＡＧＧＣＭ着弾します……」

正面モニター上でふらふらと軌道を変えていた四発のＡＧＧＣＭのマーカーが、二重の赤いマーカーにまっすぐ向かっていき、重なった。

「三発命中。一発は命中直前にターゲットが破壊した着ぐるみの残骸に当たり爆発しました」

四発中三発命中。しかも、外れた一発も事故のようなもので当たらなかっただけだ。実戦でも有効性が確認されたと思う。でも、今回はかなり特殊なケースかもしれない。速度が乗りに乗って、秒速三十㎞超えのミサイルだ。気づいたときには命中しているレベルだろう。

「四十二機のヘッドレスが、一時的に指揮を失ったようです」

指揮官機を一気に三機落としたからだろう。それぞれの指揮官機は律儀に一四機ずつを指揮していたようだ。これで少しは、二番艦の被害を抑えられるかもしれない。

「最適ターゲットを選定しました」

現在のマナタのベクトルから、攻撃をかけることができる指揮官機に黄色いマーカーがついた。

正面に一機だ。着ぐるみ五機相手に、大立ち回りをしている。というか、遊んでいるように見える。少しずつ少しずつ、向かってくる着ぐるみの手足をそいでいる。どうしてこう、エフィドルグの指揮官機に乗る人って、変態的性癖を持っているんだろう。エフィドルグのクローン製造装置に重大なバグがあるとしか思えない。

「すれ違いざまに致命打を与えられる？」

「可能ですが、ブレードを一本失います」

「指揮官機相手に、ブレード一本なら安いものかな……あ、マナは痛いとか感じるの？」

「痛覚はないので心配はいりません」

「帰ったら、美味しいもの食べさせてあげるからね」

「タングステンとチタンが食べたい気分です」とマナが嬉しそうに言った。

「ああ、うん……聞いてみる」

ここぞとばかりにお高い材料をねだってきた。

「攻撃タイミングは任せるよ。離脱後は、二番艦の裏を回りつつ減速」

秒速三十kmですれ違いざま刀を突きたてるとか、人間には不可能だし。

「了解」

目標としたグロングルがぐんぐんと近づいてくる。

向こうは相変わらず、着ぐるみと遊んでいる。一機はバラバラにされてデブリと化して漂っている。それでも残りの四機は果敢に攻めたてている。フラヴトの人は、勝利か死か、みたいな戦い方をする。ゾゾンの言った通りだ。

速度が速すぎるので細かく軌道を変えることはできない。ひたすらまっすぐ突っ込むしかない。

まだこちらには気づいていない。あ、気づいた――と思ったときにはすれ違っていた。結構な衝撃があるかと思ったけど、何も感じなかった。

一気にフラヴトの二番艦を通り過ぎたマナタは、急制動をかけつつ旋回を始めた。

「どう、うまくいった？」

「はい。ターゲットを無力化しました。ですが、腰部の二番ブレードを失いました」

機体の状態を見ると、マナの言う通り腰の前側のブレードがなくなっていた。折れたのかと思ったけど、刃の付け根から綺麗になくなっていたので、刺さる直前に外したのだろう。

刺されたグロングルは、胸に大穴を開けて、宇宙の彼方に流されていった。

重力シールドが効かない相手から、秒速三十㎞の運動エネルギー弾を撃たれたようなものだ。指揮官機といえど、ひとたまりもなかったろう。

微かな苦みが口の中に広がった。

ごめんなさい。あなたたちの苦しみはわたしが背負っていくから。剣之介と一緒に終わらせるから。

センターコンソールから警告音が鳴り、わたしの意識を現実に引き戻した。

「レーザースキャンを受けました。敵はこちらを正確に把握しました」

エフィドルグも一瞬で四機の指揮官機を失ったのだ。注目を集めたのは間違いない。むしろそれが狙いだ。少しでもこちらに注意が向けば、時間を稼げる。

ただ、さっきみたいにこっそり近づいて、すれ違いざまに一撃という戦法はもう使えない。速度を落として、やり合うように見せかけて、引きずりまわそう。

再びセンターコンソールから警告音が鳴った。

「大量の反物質の対消滅反応を検出……これは……」

反射的に体が震える。

「まさか、二番艦が自爆するんじゃ……」

フラヴトの二番艦を中心に旋回しつつ速度を落とすマナタの目の前で、船の後方から激しい光が迸《ほとばし》った。

「違います。船の反物質炉の爆発ではありません……エフィドルグが二番艦の内部で反物質爆弾……のようなものを使った可能性があります」

マナにしては歯切れが悪い言葉だ。マナにしても、初めて目にすることなのだろう。

それにしたって、船の中で反物質爆弾を使うなんて無茶もいいとこだ。下手したら自分だって木っ端ミジンコだ。もしかしたら、ヘッドレスに爆弾くっつけて突っ込ませたのかもしれない。

最初の大きな爆発に続いて、小さな爆発が起こった。

「二番艦の反物質炉の一つが誘爆した模様です」

大小二つの爆発によって、二番艦の後ろ側はずたぼろだ。あれでは、船を動かすことはもうできないだろう。

マナの緊迫した声が響いた。

「グロングル・ハライを確認！」

剣之介の乗ったグロングルだ。

「え、どこ⁉」

二番艦の爆炎の中から黒いシルエットが飛び出した。クロムクロによく似た黒赤の機体だ。

間違いない、剣之介の乗機だ。

反物質爆弾を持って、二番艦の中に斬り込んだのは、剣之介だったのだ。だからこそ、視界内にいなかったのだ。

でも――と思う。剣之介はわたしとの約束を守るために、無茶な戦いをしなくなったはずなのに。まるで、時計の針を逆回転させて、キューブから出てきた頃の剣之介に戻ってしまったかのようだ。

これが「調整」をされるということなのか。エフィドルグは剣之介の意思も、ムエッタの願いも、わたしとの約束すらも消し去って、剣之介をただの殺人機械に作り替えてしまったというのか。

――酷すぎる！

本気でエフィドルグが憎いと思った。ここまでの憎しみを抱いたのは生まれて初めてかもしれない。

途端、マナタが猛烈な加速をした。

こんな加速ができたのかと思うほどの激しい加速だった。

向かってくるハライに向けて真正面から斬り込んで、九本の超振動ブレードを次々と繰り出していった。

マナタの急激な加速を予想していなかったのだろう、剣之介の操るハライは防戦一方となった。マナタのブレードの切っ先は、そのすべてがハライの胴体中央部目掛けて殺到した。

ハライは長大な刀を巧みに振り、致命傷となりそうなマナタの刺突《しとつ》を払いのけ、払いきれない刃をあえて腕の装甲で受けて切っ先を逸らせた。

「後退！」

わたしは慌てて叫んだ。

遮二無二斬りかかっていたマナタが急激に後退をかける。

斬撃の切れ目を狙って、ハライの長刀が振り下ろされた。ほんの〇・一秒前までマナタの胴体があった場所を、青く冷たい光が通りすぎた。

冷たい汗が背中を伝うのを感じる。

剣之介も捨て身の攻撃を仕掛けるマナタを警戒しているのだろう。追撃をかけることを躊躇《ためら》っているようだった。

いつの間にか、八機のヘッドレスが遠巻きにマナタを囲んでいた。剣之介の指揮下にあるヘッドレスだろう。

「……強烈なイメージのせいよね」

マナは申し訳なさそうに返事をした。

「はい……」

わたしの憎しみに反応して、マナタは過剰な攻撃に出たのだ。ただ純粋に相手を殺すことを最優先にした、防御を考えない行動だった。

わたしは、グロングルという機械の本質的な怖さに気づいた。纏い手の意思をダイレクトに解釈して、圧倒的な力を行使する存在なのだ。エフィドルグの纏い手の性格が歪《いびつ》なのは、グロングルという破壊の申し子が、纏い手が本来持っている異常性に拍車をかけてしまうからなのだろう。

マナタは明らかに剣之介を殺すつもりだった。対するハライもわたしを殺す気で刀を振り下ろしていた。

——こんなのあんまりだ。

わたしの甘さを嘲笑《あざわら》うかのような現実に心が悲鳴をあげる。

「やめよう……剣之介。もう帰ろうよ、剣之介！」

わたしの叫びは、虚しくコクピットの中に木霊《こだま》しただけだった。

「ねえ、マナ、剣之介にわたしの声は届けられないの？」

　マナの声が冷たく響く。

「エフィドルグは無線封鎖をしています。タイトビームによるレーザー通信のみを使っている模様です……それに、グロングルのハッキング対策は完璧です。通信速度の低下を許容してでも、通信内容の洗浄を徹底しています。外部からの侵入は不可能です」

　グロングルは純粋な身体拡張の裏返しで、外部からの侵入を徹底的に防いでいるのだろう。わたしがどれほど望もうとも、叫びをあげようとも、剣之介に届くことはないのだ。

　当然、剣之介はマナタのことを奪われた上にエフィドルグに弓を引く許されざる敵、と認識しているだろう。仮に言葉が届いたとしても、何ら効果は得られないとも思える。

　このまま剣之介と戦ったとしても、お互いただではすまない。下手をしたら、どちらかが死ぬ。

　冷たい汗が、わたしを少し冷静にしてくれたようだ。

「……剣之介を引っ張りまわすよ」

　そもそもの目的は、時間を稼ぐことだったはずだ。それに、味方が圧倒的に不利な状況で剣之介とやりあったところで、グロングルから剣之介を引きずり降ろして捕らえるなど無理な相談だ。

　ならば、少しでも味方が有利となるよう、自分がやれることをやる。剣之介をとっ捕まえるのは、危機を脱してからだ。

目を遠くにやると、剣之介の指揮下にあるらしきヘッドレスが、着ぐるみと戦っていた。指揮官の一対一の戦いに水を差しそうな手合いを排除しているということか。

マナタをゆっくりと、フラヴトの二番艦に向けて後退させる。

その動きを弱腰と見たのか、ハライが加速をかけマナタへと突進してきた。

——剣之介だもんね。

読み通りだけど、悲しくなるぐらい剣之介らしい動きだ。長い戦いを経て戦巧者《いくさごうしゃ》となっているのだろうけども、一対一での剣戟《けんげき》ともなれば、血が滾《たぎ》るのだろう。いま目の前にいる剣之介は、わたしがよく知っているガムシャラな剣之介なのだ。

ハライの突進を躱してさらに後退をかけ、二番艦へと接近する。船体が近づくにつれ、デブリが増えてきた。

漂うデブリの一つを掴み、ハライへと投げつける。

ハライは放っておいても重力シールドが弾き飛ばすであろうデブリを、真っ二つに両断した。

刀の切っ先に剣之介の怒りが感じられる。

ハライは刀を振り下ろした勢いそのまま、マナタへと突っ込んできた。

剣之介は、再び後退して逃げると読んでいたのだろう。ハライは速度を落とさずマナタへと突きを繰り出した。

その突きを横に躱した。

突きの体勢のまま、真横を通り過ぎるハライの脇腹をマナタの足が軽く蹴った。

「よっと……まっすぐ下がってたら危なかったね」

「はい、由希奈の読みの的確さに驚かされます」

自分でも驚いている。本当にあの頃の剣之介だ。読みが当たるのが嬉しい反面、悲しみもにじみ出てくる。それでも、剣之介の意識をわたしに集中させておかなければならない。さっきは横腹を軽く蹴った。さも、「いつでも斬れるのだぞ」という余裕を感じさせるためだ。

案の定、ハライは動きを止め、長刀をこちらに向けて肩をいからせている。しかも、よく見ると、切っ先がプルプル震えている。

纏い手のイメージをダイレクトに伝えるグロングルならではだ。剣之介の怒りが手に取るように分かる。

ちょっとやり過ぎたかもしれない……。

「マナ、防御最優先でね。メチャクチャに攻撃してくると思うから」

「了解」

マナの返事と同時に、ハライが突っ込んできた。

大上段からの全力の振り下ろしから入ってきた。頭に相当血が上っているようだ。

そんな大振り、受けるまでもない。

マナタの体を捻ってやり過ごす。

ハライは盛大に空振りした長刀を手首を返してすくい上げてきた。これも予想通り。むしろ、それしかない。

マナタの体を捻ったまま、軽く後退する。関節の可動範囲に縛られた太刀筋《たちすじ》を読むのは容易《たやす》い。マナタの眼前を青い光が筋となって通り過ぎた。

――あ、ちょっと危なかった。

ハライの持つ長刀は、クロムクロが使っていた刀より、だいぶ長い。リーチを見誤らないようにしないと。

どれだけ避けられようとも、ハライは刀を振るってきた。強引に踏み込んできて、刀ごと身を叩きつけてくる。超接近したところで、蹴りを打ち上げてきた。ただそれも予想の範囲内だ。

わたしだって〈くろべ〉の中で、やり合う度に強くなるＡＩと猛訓練をしてきたし。

それに、これでも大学時代は剣道をみっちりやったのだ。もちろん、この日に備えてのことだ。最初こそ、竹刀《しない》が重くてたまらなかった。面が重くて頭痛がした。あと臭《にお》い！　それでも、スーパー初心者のわたしに部の人は良くしてくれた。当然、みんなは世界を震撼させたアノ動画を視聴済みのようだった。中には心無い人もいたけども、気にするまでもなかったし、そんな余裕は当時のわたしにはなかった。それでも、面の重さに慣れてきて試合の真似事のようなものをする頃になってくると、普段と違う感覚を覚えた。面が世界とわたしを隔絶していると感じた。凶暴さを覆い隠し、本当の自分を見せることなく、相手と向かい合う自分。面を被ることで、別の自分になったような気がした。

そもそも、「面」という物の本質がそういうものなのだ。表出するのは、面の持った記号のみ。中の人の人となりを想像させないための仕組みだ。

今のわたしにとっての面は、グロングル・マナタだ。

剣之介から見えているわたしは、白羽由希奈ではなく、凶暴な殺意を秘めつつも正面から戦おうとしない不埒な敵だ。

剣之介はさぞかし混乱しているだろう。初手は防御無視の攻撃一辺倒の強襲。そこから一転して、のらりくらりと逃げつつも、「いつでも斬れるのだぞ」と言わんばかりの挑発行動。

とはいえ、こちらが避け続けたせいで、そろそろ剣之介も冷静になる頃かもしれない。

剣之介を殺すわけにはいかないけども、戦闘力をそぐのはやっておいて損はない。

マナタは再び斬り込んできたハライの横薙ぎを体を回転させて避けた。避けながらも、ハライの右手首を狙って腰部のブレードを突き上げる。ハライは両手で持っていた長刀を左手だけで持ち、右手を刀から離して外側に逃がした。突き上げた腰部のブレードは宙を切り、刀を左手に持ち替えたハライは左手一本で刀を突き出してきた。

マナタはハライの突きを頭部のブレード二本で支えるように持ち上げた。

思わず声が出てしまった。

「おっと……」

突きは体を捻って避けるのが一番いいんだけど、それができない状態だと防ぐのが難しい。体重の乗った突きは、下手に払おうとしても逆に弾かれてしまうからだ。それでも、今回は左手一本なので、なんとか受けることができた。

マナタが、がら空きのハライの右肩を狙って左手のブレードを突き出した。

直後、センターコンソールから大きな警告音が鳴った。

「左前腕、損傷！　ブレードが破断。左前腕のアクチュエータが完全に破壊されました。左手の機能を喪失」

正面モニターに、へし折られたマナタの左腕のブレードがくるくると回りながら上のほうに飛んで行く様が映っていた。

「え……!?」

いつのまにか、ハライの右手に青く冷たい光を放つ短刀が握られていた。その短刀でマナタが突き出した左腕を斬り上げたのだ。フラヴトから貰った情報には、短刀の記載はなかった。今まで使ったことがなかったからだろう。

「腰の後ろに、短刀が隠されていたようです」

誘い込まれたのは、こちらのほうだ。

——不味い。

でも、慌てて後退するのは悪手だろう。たぶん、読まれている。

マナタをさらに前進させて、体ごとハライにぶつけた。そのまま抱きつくような恰好から、ハライの目の前で体をくるりと回して背中を向け、重力推進機を全開にした。

マナタに斬りかかろうとしていたハライが、目と鼻の先に生成された反重力場によって後方へと弾き飛ばされた。

なんとか距離を取ったマナタの中で、息を荒げる。

「……剣之介のくせに生意気だ」

——結構ヤバイ。

剣之介はもうとっくに冷静になっていたのだ。頭に血が上ったのは一瞬で、こちらに「頭に血が上っているのだな」と思わせておいて、あえて雑な攻撃をして隙を作って見せたのだろう。

時計を巻き戻されたとはいえ、二〇〇〇年の実戦経験まで消えたわけではないのだ。

正直、勝てる気がしない。このまま戦ったとしても、わたしが剣之介に殺されるという結末が訪れるだろう。そんなの、最悪中の最悪だ。いっそ、尻尾を巻いて逃げちゃおうか……。

「後方に、敵指揮官機接近！」

マナの報告で、さらに血の気が引いた。

——かなりヤバイ。

「逃げよっか……」

「後方から接近する指揮官機が、速度を落とすまで待ったほうがいいでしょう。今からこちらが加速しても、絶対に追いつかれます」

「うん、そうだよね……そうなるよね……」

でも、そんな時間を与えてはくれないだろう。

剣之介も、マナタの後方から友軍機が近づいていることを把握しているはずだ。

わたしがそう思ったのとほぼ同じタイミングでハライが動き出した。

出遅れた——今から全力で逃げても逃げ切れない。

腹をくくるしかなかった。なんとか時間を稼いで、離脱のチャンスを窺うしかない。デブリでも何でも使って、生き残る。

向かってきたハライの斬撃を躱しつつ、適度に反撃を加える。踏み込んできたら、カウンターをお見舞いしてやるんだからね、と牽制も忘れない。アウトボクサーになった気分だ。ボクシングなんて、やったことはないけども。

こちらがカウンター狙いなのを察したのか、剣之介はあまり激しい攻撃をしてこなかった。

何かを狙っているのかもしれない……。

「後方から接近中の敵指揮官機が、攻撃ベクトルに移行しました！」

「……そういうことか」

——とてつもなくヤバイ。

速度の違う二機による攻撃で、こちらの隙を作って致命傷を与えるつもりなのだ。一度や二度は防げるかもしれないけど、いずれはやられる。なんとか、二機から同時に攻撃を受けないようにしないと……。

そのときだった、マナが叫んだ。

「ＡＧＧＣＭです！」

○

「全機、滞りなく発射完了いたしました。着弾は二十三秒後です」

セバスチャンの落ち着いた声が聞こえてきた。

「結構」

ソフィは発射された十発のＡＧＧＣＭの軌道を確認した。

ガウス十機による、ＡＧＧＣＭの一斉発射だ。

まだ距離があり、早めの発射ではあるが、すべてが設定された目標へと向かっていた。狙いは指揮官機。半分でも命中すれば御の字といったところか。すでにＡＧＧＣＭは由希奈が使っている。完全な奇襲効果は得られないだろう。

マナタから送られてきた最新の戦況データをざっと眺める。

フラヴト二番艦は大破。機関全損。反物質炉の一基が消滅。着ぐるみは残存機数十三機。

対するエフィドルグは、三隻が健在。グロングルは指揮官機が十四機、ヘッドレスが一七二機残存。

ヘッドレスはともかく、指揮官機が十四機も残っている。四機撃墜しているが、その戦果はすべて由希奈のものだ。奇襲効果もあったろうが、一度に四機もの指揮官機を墜としたのだ。大金星だ。それに引き替え、フラヴトの着ぐるみは一機も指揮官機を墜とせていない。

機体の性能差もあるが、やはり戦い方の問題なのだ。

フラヴト滞在中に彼らの戦史を紐解いてみたが、彼らの戦い方の基本は集団で取り囲んで肉弾戦を仕掛けるというものだった。深い森と強い風のせいで飛び道具が発展しなかったという背景が大きいのだろう。とにかく多数での接近戦を旨としている。地球の蜜蜂《みつばち》の戦いに似ていると感じた。そのせいだろうか、戦術や機転というものが弱いのだ。不退転の勇敢さは美点だとは思うが、真正面からの戦いだけでは地力に勝る相手に勝つのは難しい。

正面モニターには、発射されたＡＧＧＣＭがランダムな軌道を描きながら目標へと向かっている様が映っている。激しく軌道を変化させているのは、重力シールドに「命中コースである」と察知させないためだ。

ＡＧＧＣＭが、軌道変更を止めてまっすぐ目標に向かい始めた。最終誘導フェーズに入ったのだ。

さて、何発が命中するか。

次々とマーカーが変化していき、二重の赤い枠がつけられたエフィドルグの指揮官機がいくつも消滅した。

「七発命中。七機の撃墜を確認いたしました」とセバスチャン。

上出来だ。やはりエフィドルグの纏い手は慢心が常態なのだろうか。特に飛び道具に対しての警戒心は薄いのだろう。私が黒部研究所でブルーバードを攻撃したときも、回避行動の素振《そぶ》りすら見せなかった。

「由希奈の後ろに迫っていた指揮官機はどうなりました？」

「命中いたしました」

「そう……よかった」

一番の心配事だった。剣之介の操るグロングル・ハライと、もう一機の指揮官機に由希奈が挟まれていることが確認されたからこそ、早めにＡＧＧＣＭを撃ったのだ。もし、外れていたら、第二射をしなくてはならなかった。

残りの指揮官機は、七機。

こちらはガウス十機と、ＡＧＧＣＭが十発。ＡＧＧＣＭはさすがに警戒されただろうから、ただ撃つだけでは命中は期待できないだろう。しかし、残存の着ぐるみと連携できればなんとかなるかもしれない。時間を稼げば、フラヴト一番艦も合流できるのだ。それに、〈くろべ〉はすぐそこまで来ている。

エフィドルグ船の放つトラクタービームの緑色の光がはっきりと見えてきた。緑色の鎖でフラヴト二番艦が引きずられている。

「武装の最終確認」

と部隊に指示を飛ばしつつ、自らも武装の試射を行った。

ガウス・マーク4の武装は、新式の一四〇ミリライフル砲だ。ただ、エフィドルグ相手に遠距離からの狙撃は意味をなさないため、弾も飛び出す長柄武器《ポールウエポン》と考えたほうが実態に近い。装弾数はわずか十一発だ。

長い砲身の先には、ヘッドレスが使っていた刀を短く切り詰めたものが取り付けられている。銃剣《バヨネット》と言うには長すぎる。薙刀《なぎなた》と呼んだほうがしっくりくる。全体のシルエットは、日本で使っていた竹箒《たけぼうき》に近い。刃先を超振動させる発振器とナノマシン装甲を死滅させる自殺命令《アポトーシス》ユニットをヘッドレスから移植した上で、駆動用のバッテリーを内蔵したのだ。そのせいで武器としてはかなり大柄になってしまった。

本来なら、武器を持ったグロングルから電力を供給されるべき装備ではあるが、ガウスは反物質炉を積んでいない。あくまで燃料電池とバッテリーに頼るガウスには、過ぎた代物ではあるのだ。

それでも、この武器のおかげで攻撃面ならグロングルと互角だ。

全機から、「問題なし」の通信が返ってきた。

「全機、作戦プランに基づいて散開。二機一組で行動することを徹底してください。特に、指揮官機と戦闘する際は、付近の味方と連携して可能な限り多数で当たってください。無理な接近戦は厳禁です」

命令が伝わると、全機から緊張の伴った返答が帰ってきた。

彼らにしてみれば、ガウスによる初めての実戦だ。それに、私とセバスチャン以外は、エフィドルグと戦ったことがないのだ。

何人が〈くろべ〉に戻れるだろう。自分だって、生き残れないかもしれないのだ。

頭を振って、不確定な未来への不安を追い払った。

「由希奈の援護に向かいます」

すぐさまセバスチャンから返答が戻ってきた。

「お嬢様には、銀河の果てまでお供いたします」

「私より先に、銀河中心のブラックホールには入らないようにしてください。主《あるじ》として命じます」

あのセバスチャンが一瞬、言葉に詰まった。

「……心得ました。告白しますが、わたくしめは嘘つきです。どうか、お心にお留めおきください」

自然と笑みが漏れる。

「知っていましたよ」

そう返してガウスの重力スラスターを全開にした。

目標は、マナタ。ハライと戦う由希奈を援護しなくてはならない。

予想通り、由希奈は苦戦している。フラヴトの言葉が正しければ、剣之介は二〇〇〇年の実戦経験を保ったまま、エフィドルグの走狗となっているはずだ。地球で戦った、ゼロ歳児のエフィドルグとは違うのだ。

到達予想時刻は二十秒後。わずか二十秒だが、焦《じ》れる。何もすることがない、というより、何もできない。

マナタとハライは、フラヴト二番艦を背に、まだ戦っている。挟み撃ちにしようとした、増援の指揮官機を撃墜したためだろう。ハライはマナタを本気で撃破するつもりのようだ。激しい剣戟の光が見える。

一度気を落ち着かせるために深く深呼吸をする。

「…………ふぅ」

由希奈は一気に四機もの指揮官機を墜とした。戦乙女と呼ばれてしかるべき戦果だ。対して私は、AGGCMによる一機のみ。

負けを認めた相手ではあるが、負けっぱなしというのはやはり気に食わない。他愛もない意地だとも分かってはいる。それでも、私だって「戦乙女」と呼ばれてみたい。どちらかといえば、「女侍」とか「銀河侍」と呼ばれるほうが嬉しい。

嗚呼、いけない。由希奈に毒されて、戦闘中におかしな妄想をするようになってしまった。厳に戒めなければ。

○

戦闘指揮所の正面モニターに映し出された戦況図が、目まぐるしく書き換わっている。

上泉修は、真っ白い頭髪を掻《か》き上げた。

「ひとまず、やれるだけのことはやったが……」

マナタの先行射出に続いて、十機のガウスを出撃させた。〈くろべ〉が搭載する全艦載機を投入したことになる。

艦の規模に対して艦載機数が少ないのは、単純に生産力の問題だ。我々人類は、自力で重力制御機構を製造できないからだ。

「二番艦の状況は?」と尋ねると、副長が素早く報告を返した。

フラヴトの二番艦は、予想以上にダメージを負っている。昔風に言うなら、大破判定だ。戦力としては、もはやまったく期待できない。少しでも損傷を抑えつつ、生き残った人員を救助しなくてはならない。

報告をした副長は、俺の渋い顔を見て頷いた。たぶん、同じ感想を抱いたのだろう。

副長は生真面目で柔軟性に欠けるところがあるが、仕事は正確で素早い。「副長」としては、ベストの人材と言っていい。なにより、替えの効かない〈くろべ〉のクルーだ。身近な人材が優秀である、というただ一点で天に感謝してもいいほどだ。

〈くろべ〉に乗っている人員は総勢で百二十人。艦の大きさから考えると、有り得ないほど少ない。しかし、人が百二十人もいれば、問題の数も百二十個はあるのが常だ。特に外洋を長い間航海する船は、閉塞した環境からくるストレスを溜め込むものだ。

ところが、〈くろべ〉では、驚くほどその手の「問題」が少なかった。乗っている人間の意識の違いなのか、それとも様々な種類の人間がごちゃ混ぜで乗っているからなのか。恐らく両方がいい方向に作用しているのだろう。軍艦に船乗りではない人間を多数乗せ、長時間寝食を共にするという状況は、俺にとっても初めてのことだ。

大きいとはいえ、所詮は船の中だ。様々な話がエアダクトを通じて艦内に漏れ広がる。特に人の口に上《のぼ》りやすいのは、色恋沙汰だ。護衛艦に乗っていた頃は、まるで縁のなかった話だけに、興味がつきない。

ハウゼンあたりは、その先を期待しているようだった。曰く、「閉塞された宇宙船の中で誕生する世代が、どのように育つのか非常に興味がある」というものだ。さすがというか、呆れるというか、彼にとってみれば人の恋愛すら研究対象なのだ。

――この船で生まれる世代か。

〈くろべ〉建造中から予見され、対策を講じるべきと言われてはいたが、具体的な指針を制定する前に出航の日を迎えてしまった。結論は「艦長に一任」という、腰が抜けるほどの丸投げっぷりだった。

だが、当の俺にしても、ハウゼンから「誕生する世代」という言葉を聞くまでは、本気で考えたことなどなかった。

さながら、大昔のＳＦで読んだ『播種船《はしゅせん》』の如くだ。そうなのだ、〈くろべ〉は寄港地のない船《ノンストップ》であり、我々は宇宙の孤児《オーファンズ》なのだ。願わくば、エフィドルグの息の根を止め、娘たちを地球に送り届けたいものだ。俺には地球の地を再び踏みたいという望みはない。地球にはもう何も残っていないのだ。せめて残り少ない人生を、未来に生きる者たちの役に立てたい。

〈くろべ〉は順調にフラウト二番艦との距離を詰めていた。あと五分も経てばすれ違うほどの距離だ。

「……マナタは苦戦しているようです」と副長。

口の中に苦いものが広がった。

あの娘が行きたいと言い、黒部の生き残りも行くべきだと言ったが、最終的に「行け」と言ったのはこの俺だ。

嫁入りをさせてやると見得を切っておきながら、その娘に頼るしかない無能。息子一家がエフィドルグに踏み潰されたとき、俺はどこで何をしていた。呑気に海で釣りだ。相変わらず俺は無力だ。

だが、戦う以上、勝たねばならぬ。我々の未来は勝利の先にしかないのだ。

正面モニターの戦況図が更新された。

ガウス隊がAGGCMを放ち、指揮官機の何機かを墜として、ソフィと茂住のガウスはマナタと合流できたようだった。

状況はやはり苦しいとはいえ、二番艦は轟沈に至っておらず、フラヴトの着ぐるみも数を減らしてはいるが未だ奮闘している。時間を稼いだ意味は十分にある。

しかし、エフィドルグ船三隻は健在。このままずるずると戦っていたのでは、消耗負けするだろう。

ならば、互角に持ち込むために、初手で切り札を使う。こいつの使いどころは、最初しかない。

艦内通信用のボタンを押す。

「マーキス少佐を頼む」

〈くろべ〉のクルーには明確な階級が設定されている。〈くろべ〉は「軍艦」であるから当然と言えば当然だ。純粋な科学者には階級は設定されていない。あくまで「助っ人」だからだ。

しかし、兼任者は別枠だ。ソフィ・ノエルはガウス隊隊長でもあるので少佐だ。特別な機体を操る白羽由希奈は大尉だ。ちなみに、俺は「准将」だ。自衛隊時代の最終階級は一等海佐だった。〈くろべ〉一隻とはいえ、地球の代表だ。当初こそ、「政治家を乗せるべきでは」という意見があったが、あっという間にその声はフェードアウトした。その後、地球の代表が「佐官」というのは如何なものかという意見と、戦功をあげたわけでもないのに二階級特進というのもおかしい、という意見とも言えない声が上がった。そんな実にどうでもいい理由で俺は准将となったのだ。背広組は昔からどうでもいいことを大仕事にするきらいがある。

　モニターに現れた宙兵隊隊長のマーキス少佐は、すでに装甲宇宙服を着込んでいた。同じことを考えていたのだろう。歴戦の勇者らしく、戦いに対する嗅覚は〈くろべ〉いちだ。

「はい、艦長」とマーキスは背筋を伸ばして答えた。

「もう着込んでいるのか？」

　と言うと、マーキスはニヤリと笑った。

「やるんでしょう、アレを。やるなら今しかありませんからね」

「話が早くて助かる。突撃隊の人選を頼む」

　マーキスは頷いて、

「すでに完了しています。むしろ、人選の必要はありません。中隊全員でいきます」

　さすがに「全員」という言葉に驚いた。

　宙兵隊は、総勢で七十五人だ。〈くろべ〉の中で最も大きな所帯だ。

「……七十五人全員か?」

「ええ、全員に経験させておきたいんです」

「分かった。三分で準備してくれ」

「了解!」

機械のように正確な敬礼をしたマーキスがモニターから消えた。あの口ぶりから予想するに、すでに準備はできていると思える。

俺とマーキスの会話を聞いていたのだろう。副長が緊張しつつも、笑みを浮かべていた。

「まさか、こんなに早く使うことになるとは思っていませんでしたよ」

「ああ、やるぞ。衝角《しょうかく》戦だ。斥力衝角、用意!」

その声に、艦橋にはどよめきが広がり、熱気をはらんだ指示が飛び交い始めた。

思わず苦笑が漏れる。

船乗りという生き物は、紀元前から案外変わっていないのかもしれない。

——斥力衝角。

トラクタービーム発生装置を置いてきた代わりに、取り付けられた新式装備だ。

エフィドルグ船には、飛び道具が効かない。AGGCMはあくまで、対グロングルミサイルだ。一キロクラスの船を沈めるほどの破壊力はないし、生産に難がある。

戦国時代にやってきたゼルは、地球に向かっていたエフィドルグ船に、奪ったエフィドルグ船をぶつけるという荒業で仕留めたという。当然、両方轟沈したのだが。しかし、「同じ船なら、ぶつけられる」ということを示してもいたのだ。

とある科学者がこの事実からヒントを得て、乱暴なアイデアを思いついた。

人類は太古の戦場で似たようなことをやっていたではないか、と。

その乱暴なアイデアとは――衝角《ラム》だ。

古の地球でガレー船の船首喫水線下に取り付けられた硬く尖った角だ。敵のオールをへし折り、どてっぱらに大穴を開けて沈めるという原始的な兵装だ。砲撃戦が主体になってからは廃れていき、装甲艦の登場と共に一時復活したが、結局は大砲の進化の陰で消えていった存在だ。

だが、飛び道具の通じないエフィドルグ船を相手にするには、もってこいというわけだ。

しかし、相手は宇宙船だ。オールはないし、穴を開けたところで海水が流れ込むこともない。そもそも乗組員のいないエフィドルグ船だ。真空状態になったところでさして困りもしないだろう。ならば、そんなエフィドルグ船のどてっぱらに大穴を開けて、どうしようというのか。

海水を流し込む代わりに、宙兵隊を流し込むのだ。

エフィドルグ船は防御力のほぼすべてを重力シールドに依存しており、船内は自動化が進み過ぎたせいで人はまったくいない。カクタスというロボットが大量にいるが、所詮は人形だ。

それに、我々はエフィドルグ船の構造を、こと細かく知っているのだ。中枢がどこで、船長である「辺境管理官」がどこにいるのかすら分かっている。そして、管理官を操ることができるリディというジョーカーの存在。管理官さえ押さえれば、エフィドルグ船は制圧できる。ある意味、拿捕《だほ》をしやすい船と言える。

フラヴトや星間同盟でも、エフィドルグ船の弱点は理解しており、可能な限り拿捕を試みたようだ。しかし、エフィドルグも相手の狙いを理解しており、船内への突入を目論む突撃部隊を、トラクタービームと指揮官機の直掩《ちょくえん》で阻止するという対策をとったのだ。

結局のところ、いたずらに人員を損耗するばかりで、さしたる戦果をあげることはできなかったという。グロングルの性能はエフィドルグのほうが上だ。無理からぬことだろう。

だが、船ごと突っ込むとなれば話は別だ。

斥力衝角という固有名詞を与えられてはいるが、技術的には重力シールドと同じものだ。反重力子をごく狭い範囲に集中して、相手の装甲や構造物を押しのけて船体に大穴を開けようというものだ。ガレー船の衝角と違うところは、ゆっくり突っ込まないといけないことだ。運動エネルギーで穴を開けるものではないからだ。速すぎる衝突はこちらの船体にもダメージを及ぼしてしまう。

「……しかし、うまくいくでしょうか？」と副長が呟いた。

副長の不安も理解できる。

船を相手に使うのは今回が初めてだ。実際に使ったのは、試験として太陽系の小惑星を相手にしたぐらいだ。そのときは小惑星に文字通り大穴を穿《うが》ったわけだが、移動する船相手にどこまで通じるかは未知数だ。とはいえ、エフィドルグにしても初めて見る兵装だろう。こちらの意図に気づくまで多少の時間がかかるはずだ。

「エフィドルグは我々のことを知らない。うまくいくさ」

と俺は余裕の笑みを浮かべてみせた。部下を安心させるのも上司の務めだ。

「衝角突撃を敢行する。全乗組員はただちにシートベルトを着用、衝撃に備えよ」と副長が全艦放送を流した。

今頃、科学者連中は試験管を片手に右往左往だろう。だが、今は彼らのことを気にするときではない。

さっきまでただの光点だったエフィドルグ船が、シルエットを確認できるほどに接近していた。

「機関後進一杯！　減速開始」

普段の〈くろべ〉なら後進はかけない。重力場を反転させると、様々なものを吸い寄せてしまうからだ。だが、今は艦首を振り回す余裕はないのだ。

「敵のトラクタービーム照射を確認！」と副長。

読み通りのリアクションに笑みがこぼれる。

「泡を食って、進路を変えにきたな。艦首をトラクタービームの発射点に合わせろ」

〈くろべ〉とエフィドルグ船の重力シールドの性能は同じだ。元より、エフィドルグ船に積んであったそのままなのだ。故に、完全に相殺することが可能。トラクタービームの照射も斥力衝角で無力化が可能なことは、地球で実証済みだ。

〈くろべ〉の主要構造はエフィドルグ船とほぼ同じ。過剰な艦載機スペースを削減し、生活環境システムを積み込んだぐらいなのだ。ただし、トラクタービーム発生装置はなく、斥力衝角を搭載している。大きな違いはこの二点しかない。

〈くろべ〉の艦首がエフィドルグ船から放たれたトラクタービームを真正面に捕らえ、遡上《そじょう》するように距離を詰めていく。

副長の声が艦橋に響いた。

「衝突まで、あと三十秒！」

○

剣之介の乗ったグロングル・ハライを、マナタとガウス一号機、二号機が囲んでいた。

由希奈はマナタのコクピットの中で安堵の息を漏らした。

後方に迫った指揮官機をＡＧＧＣＭが吹っ飛ばしてくれたおかげで、挟み撃ちにされる心配はなくなったけども、それからの剣之介の猛攻が厳しかった。それでもギリギリ凌げたのは、マナのおかげだ。

ようやくソフィと茂住さんが合流してくれて、形勢はひっくり返ったと思う。

ハライの前にマナタ、後ろにはガウス一号機。ガウス二号機は、速度を保ったままハライを中心に旋回している。

「ソフィ、ありがとう……」と言うと、ソフィは「お礼は剣之介を捕まえてからにしてください」と素っ気ない返事をした。

ソフィの言う通りだ。

可能なら手足をもいででも捕獲したい。でも、まだまだ戦闘はエフィドルグ有利だ。仮にハライを撃破したとしても、他のグロングルがやってくるだろう。

それでも、他の指揮官機はまだやってこない。

エフィドルグはやはり連携が得意ではないと思える。辺境矯正官同士が、お互いの手柄を取り合っているのかもしれない。ただ、地球にきたエフィドルグと違って、少しは連携行動をするようだ。わたしを剣之介と挟み撃ちにしようとした指揮官機がいたし、剣之介も連携を取ろうとしていた。そのへんは、辺境矯正官の個性によるところなのだろうか。

ハライが動いた。

後方のガウス一号機に向かって突進をかける。

ソフィは剣之介を迎え撃つようにガウス一号機を前進させた。ガウス一号機の薙刀が青い光を放った。

わたしもソフィのフォローに回るべく、マナタを前進させた。

ハライはガウス一号機に斬りかかると見せて、ガウスの振り下ろした薙刀の柄を狙って刀の軌道を変えた。

ソフィはそれを予測していたのだろう。薙刀の軌道を変えてハライの斬撃をやり過ごし、後方に回り込んで、一四〇ミリライフル砲を撃った。

ほんの二十mほどの至近で放たれた砲弾を、ハライの重力シールドは止めきれなかったようだ。砲弾はハライの腰の裏に命中して、盛大に爆発した。

粘着榴弾だ。威力のほとんどを砲弾の中に詰め込まれた爆薬に依存する粘着榴弾は、当たりさえすれば効果が出る。

腰の裏にこっそりと格納されていた二本の短刀が砕け散った。さすがにナノマシン装甲そのものにはダメージを与えられないが、構造的に弱い部分は破壊できるのだ。

背面に爆発の衝撃を受けて吹っ飛んだハライは、そこからさらに加速をかけた。

「あ……」

剣之介は離脱するつもりなのだ。

ぐんぐんと加速したハライは、もう二番艦の向こうへと遠ざかっていた。

「申し訳ございません。まさか爆発の衝撃を利用するとは思いませんでした」と茂住さん。

「咄嗟の判断なのでしょう。さすが、と言うべきでしょうね」とソフィも少し驚いていた。

わたしは思わず正面モニターに手を伸ばしてしまった。

剣之介が遠くへ行ってしまう。

「まだ終わっていません。次の機会は必ずあります」とマナ。

わたしの気持ちを察してくれたようだ。

「うん、そうだね……ありがと、マナ」

正面モニターに、新しいウィンドウが開いた。〈くろべ〉からの通信だ。

「〈くろべ〉はこれより、衝角突撃を敢行する。搭載機は全機、〈くろべ〉の直掩に回られたし！」

通信内容は、だいたい分かった。けど、ショウカクって何だっけ。

「〈くろべ〉は船体をエフィドルグ船にぶつけるようです」とマナ。

そうだった。ぶつかって、相手を凹ます攻撃だ。

小惑星相手の試験で初めてみたけど、すごい大穴を開けていたっけ。穴の断面には地層が見えなかったから、惑星由来のものではなかったのだろう。それでも、大きくて綺麗な断面には、心躍るものがあった。昔は、鉱石標本を薄くスライスする職人になりたい、と思ったこともあったっけ。そういえば、フラヴトの地層はあまり見ることができなかった。探検に行けなかったのがすごく悔やまれる。あ、そうだ、リララにフラヴトの写真集とか送ってもらおうかな。

コクピットにソフィの声が響いた。

「由希奈、何をボンヤリしているのです、戻りますよ！」

ガウス一号機と二号機はもうとっくに〈くろべ〉に向かって加速していた。

わたしは、慌ててマナタを加速させた。

○

ゆっくりと進んでいるとはいえ、巨大な船同士が衝突する様は圧巻だった。

エフィドルグ船の黒い船体が近づいてきて、壁のようにそそり立ったと思った瞬間、外壁が船体内部にめり込んでいった。

さぞかし衝撃と音がすごかろうと思っていたが、衝撃も音もなかった。

これが宇宙の戦いなのか、と不思議に思っていたが、船が止まった瞬間凄まじい音が鳴り響いた。

鉄と鉄が軋みを上げて擦れる音だ。

この音は昔聞いたことがある。強襲揚陸艦のケツを、マヌケな補給艦がお触りしたときの音と同じだ。

宙兵隊隊長マーキスは強襲デッキで叫んだ。

「ようし、行くぞ野郎共！　エフィドルグのクソ共を宇宙に放り出す時間だ。お前たちは、無敵の宙兵隊だ！　銀河にその名を轟かせ！　さあ行け、宇宙の戦士たち！」

強襲デッキの分厚い装甲隔壁が開いた。隔壁の向こうは真空の宇宙だ。

すぐ先にバカみたいに広い、エフィドルグ船の通路が見える。

宙兵隊仕様のドワーフSが、足裏のロックフックを解放して真っ先に目の前のエフィドルグ船内部へと向かって行った。装甲宇宙服で身を包んだ宙兵隊員が固定アームを跳ね上げ、ドワーフに続いて一斉に虚空《こくう》へと飛び出した。

最後にリディと通信兵を伴って、俺は野郎共のケツを追う。

正面バイザーに上泉艦長の顔が映った。

「少佐、俺もあんたも年寄りだが、死ぬにはまだ早い。あんたにはまだやるべきことがあるかな」

と俺が言うと、上泉艦長は苦笑いを浮かべて頷いた。

「さすがに、まだくたばる気はありませんよ、艦長。ヒヨッコ共が宇宙の戦士になるまでは、俺が死ぬ訳にはいきませんからね」

艦長にああは言ったが、俺は死に損ないだ。

ネバダの砂漠で死ぬべき老兵が、未来ある若者の屍の上に立ってしまったのだ。ラスベガスの街は灰塵《かいじん》と化した。ロングアームは次々とベガスの象徴的な建物を破壊していった。そこには、パイロットの確固たる意志があった。まるで、子供が砂場で作った砂の城を、大人が下種《げす》な笑みを浮かべて踏みにじっているような、そんなうすら寒いものを感じた。エフィドルグは未知の宇宙人などではない。明確な意志を持った、それも人類に極めて近い精神構造を持った奴らなのだ。だからこそ負けるわけにはいかなかった。

だが、結果はどうだ。エリア51をただの穴ぼこに変えたエフィドルグは、悠々と衛星軌道へと引き揚げていった――俺のすべてを奪って。

フラヴト人には復讐という概念がないという。だが、俺は地球人だ。クソにまみれてでも恨みを晴らしたいと願う野蛮人だ。復讐の是非は地球人もよくする話だ。少なくとも第三者から見れば、エネルギーの浪費でしかないのだろうが、すべてを奪われた者の気持ちは同じ目に遭わなければ理解できまい。

青馬剣之介には親近感を感じる。あの男もすべてを失った上に、時間さえ奪われたのだ。それでも、あの男は復讐を超えて、銀河を救う旅に出た。だが、俺は剣之介ほど心の切り替えができていない。剣之介は曲がりなりにもエフィドルグと戦って勝ったという自負があるはずだ。対して、俺はエフィドルグに負けっぱなしだ。なにより、老頭児《ロートル》の俺に残された時間はあまりない。

死ねるのなら、銀河を救う戦いで散った英雄として死にたいものだ。

俺の隣で、リディがピコピコ言った。こいつの言うことは俺には分からん。

「少佐、敵カクタスが起動したそうです」と通信兵のトミー。

小柄なこいつは、宙兵隊員のくせに、ソバカス面でメカに強い変態野郎だ。それでも、〈くろべ〉に乗れたぐらいだから、相当にタフガイなのは間違いない。そういえば、こいつは孤児だったか。その昔、こいつと同じ名前をしたウジ虫士官のケツを蹴り飛ばしたことがある。そのウジ虫士官は、今では陸軍士官学校《ウエストポイント》のガウス教官様だ。おっと、もう生きちゃいねえか。

「デルタ小隊は、上陸地点を確保。アルファ、ブラボー、チャーリーは前進。側面からの攻撃に注意しろ。カクタスがやってくるぞ。残らず屑鉄に変えてやれ！」

エフィドルグ船の通路は、不思議な重力のかかりかたをしていた。

〈くろべ〉を飛び出したときは無重力だったが、通路に近づくにつれ次第に体が重くなり、床に足が着いたときには地球と同じ重さを感じた。

事前のレクチャー通りではあったが、実際に体感すると不思議な感覚だ。エフィドルグの科学は恐るべし、というやつか。

しかし、装甲宇宙服を着た状態での一Ｇはかなり厄介だ。人工筋肉でアシストされているとはいえ、身体的にかなりの負荷がかかる。

もう一つの厄介な点といえば、バカみたいに広い通路だ。遮蔽物が少なすぎる。

おっとそういえば、エフィドルグのポンコツ共は銃を持っていないんだったな。なら、広い通路はこちらに有利だ。猪みたいに突っ込んでくるカクタスを蜂の巣にできる。警戒すべきはやはり側面からの強襲か。

またリディがピコピコ言った。

「トミー、こいつ今、なんと言った？」

「船をハッキングして、カクタスを違う場所に誘導する、と言っています」

「ほう、そいつは大したもんだ」

「ただ、船の中枢にアクセスできる端末まで移動する必要があります」

なるほど。電話ボックスまで行かにゃならんということか。

「ようし、野郎共、作戦を修正する。第一目標は、イタズラ電話だ。ドワーフを前面に出して慎重に進め。確保した後は、そこをたまり場にする」

俺のフザケタ台詞をトミーが今どきの言葉に翻訳して補足してくれた。宙兵隊員のくせによく気がつくイカシタ野郎だ。

「こちらアルファ。カクタスの一団と遭遇！」

正面バイザーに、アルファ小隊の小隊長の主観映像が映った。

通路の正面から、カクタスが雪崩のように押し寄せていた。

小隊が一斉に撃ち始めたからだろう。猛烈な射撃音が響き、硝煙が立ち込めた。

音の響き方と煙の巻き方を見るに、この船の中には空気があることが分かった。あれだけの大穴を開けられながら、空気の漏れをどうやって防いでいるのだろう。

バカの一つ覚えのように正面から押し寄せるカクタスは、一斉射撃を食らってたちまち屑鉄に変わった。

宙兵隊の主要火器は二十ミリ・アサルトライフルだ。

地球での戦いにおいて、五十口径（一二・七ミリ）では、カクタスに対して有効打になりにくいことが判明した。その結果、宙兵隊の装備として開発されたのがこいつだ。航空機用二十ミリ弾を採用して軽量化を計ったとはいえ、余裕で四十キロ越えのヘビー級だ。とても生身の人間が扱える代物ではない。

だが、人工筋肉で強化された装甲宇宙服なら、軽々と扱える。

いつだったか、科学者の娘っ子がこいつを見て、「とても大きな銃ですね」と言った。傍らにいた隊員に「いや、これは砲だ」と言われた娘っ子はキョトンとしていた。笑うしかなかった。海兵隊に長くいた俺ですら、こんなバカげた銃――いや、機関砲だ――を抱えて歩く日がくるなんざ、想像すらしなかった。

同じように宙兵隊向けに開発された兵器に、分隊支援火器がある。携帯性に難があるものの、分厚い弾幕で味方を援護する頼もしい奴だ。そいつに至っては、三砲身の二十ミリガトリング砲だ。

その二十ミリを雨あられと食らったカクタスが、バラバラになって通路に散らばっていった。目の前でバラバラにされた仲間に何ら反応を示さず押し寄せるカクタスは、屑鉄を踏み越えて問答無用で突っ込んでくる。

バカじゃないのかと思いつつも、その物量に嫌な予感がした。

「ブラボーはアルファの支援。チャーリーは側面警戒！」

こいつはさっさとイタズラ電話をかけにゃならん。

「ようし、トミー。俺たちも電話をかけにいくぞ。デルタ小隊、前進だ」

歩みを進めるごとに、兵士たちの怒号や悲鳴が聞こえてくる。

どれだけの兵が死に、生き残るのか。

慣れているとはいえ、気分のいいものではない。だが、宙兵隊の戦いに無血はないのだ。太古の昔からそうであったように、未来に向けても血道がひたすら続くのだ。お前たちの血は、地球を救う血の一滴だ。銀河に平和をもたらす赤い河だ。

側面警戒をしつつ、アルファ小隊を援護するチャーリー小隊に追いついた。

戦闘正面のアルファ小隊は、じりじりと後退してブラボー小隊と合流し、ドワーフを壁にしてひたすら撃ちまくっていた。

目の前には、屑鉄の山ができていた。それでも屑鉄の山を乗り越えてカクタスが押し寄せてくる。

こちらの損害は大したことはないが、弾薬が心配になってきた。

「弾の残りはどうだ？」

各小隊からの報告は予想通り、半分を切っていた。

このままここに足止めされてしまっては、最終的に弾切れで撤退だ。

「トミー、電話ボックスはどこだ？」

「マーカー出してます！」とトミーはライフルを撃ちながら返答した。

そう言われて、エフィドルグ船の見取り図を開く。

マーカーは目と鼻の先に表示されていた。距離で言えば、わずか十五ｍだ。

近いのに果てしなく遠い距離。

これこそ、宙兵隊の戦いだ。秒速二十九万㎞の宇宙船とは違う。装甲宇宙服を着ていると、思いっきり走ったとしても秒速五ｍがせいぜいだ。俺たちは、十ｍを一時間かけてじわじわと進んでいくしかないのだ。宇宙の戦士のくせに、まるで地を這う虫だ。

だが、地を這わなければできない仕事もある。

「リディ、イタズラ電話をかけるのに、何秒必要だ？」

リディはやはりピコピコ答えた。こっちの言うことが分かるのなら、こっちが分かるように喋ることもできるだろうに。どうして、お前はピコピコしか言わないんだ。そこにアイデンティティでも見出しているのか。

「五秒でいいそうです」とトミー。

難なくトミーが翻訳した。もしかして、俺以外の奴らは、こいつのピコピコを理解しているのか。だがいい、分かった。

「ちょいと軽い博打《ばくち》をやるぞ。死なない自信のあるドワーフは手を上げろ」

おっと、この言い方はダメだ。

案の定、全員が手を上げた。まったく見上げたクソッタレ共だ。

「ここは人生の先輩に道を譲れ。年齢順で上から半分だ」

六機を選抜した。中隊の保有する半分のドワーフだ。

「リディ、走れるか？」

と俺が問うと、リディはやはりピコピコ言った。イエスなら、ピコでいいだろうに。

「え？　少佐も行くんですか？」とトミーが声をあげた。

「当たり前だ。お前も行くんだぞ。有線切られるなよ」

トミーが引いている有線ケーブルをつついた。

「次の波が来たら、全力でぶちかませ。グレネードもありったけ投げろ。グレネードの爆発と同時に、ドワーフは電話ボックスの前で壁を作れ。他の奴らはドワーフにキスをせがむビッチ共を屑鉄に変えてやれ。弾薬をケチるなよ！」

命令を言うが早いか、カクタスの波が押し寄せてきた。

「よし、やれ！」

凄まじい射撃音が響き、数秒後に床を揺らすほどのグレネードが炸裂した。と同時に六機のドワーフは、「電話ボックス」と俺が名付けた船の情報端末に向けて走り出した。

ドワーフの後に続いて、俺とトミーとリディが走る。

電話ボックスの前に壁を作ったドワーフに、カクタスが青い刃をきらめかせて飛びかかってきた。

たちまち屑鉄に変えられたビッチは一匹や二匹ではなかった。それでも、キスをせがむビッチ共は後から後からやってくる。

盾を真っ二つに斬られたドワーフが、青く輝くブレードを一振りして、カクタスを両断した。斬ったほうも、斬られたほうも、得物《えもの》は同じだ。ドワーフに装備されたブレードは、地球で屑鉄になったカクタスから奪ったものだ。

情報端末に辿り着き息を切らせながら腹ばいになって、ドワーフの足の間からライフルを連射する。

「クソ……歳は取りたくねえもんだな。十五m走っただけで、天使の羽が見えたぜ」

「一G下で、この服は少々重いですよね」とトミーが言いながら、飛びかかってきたカクタスを狙撃した。

端末に取り付いたリディは、人差し指を直接端末に突っ込んでいた。

便利な体してやがるな、こいつは。

きっかり五秒後、こちらに向かっていたカクタスの一団が回れ右をした。

「イタズラ電話、完了です」とトミーが笑いながら報告した。

「やっぱり、カクタスってのは、クソバカ野郎だな」

目の前にいる宙兵隊員たちをまるで見えていないかのように、カクタスたちは来た道を引き返していった。

この時間を最大限に生かすしかない。弾薬は今の攻撃で、三割を切ったはずだ。

「リディ、最短ルートを出してくれ」

やはりリディはピコピコ言って、すぐさま辺境管理官のいるであろう部屋までのルートを弾き出した。

約四百m。

カクタスの波が押し寄せないと考えれば、走れない距離ではない。

「人類初の宇宙で四百m走だ。金メダル取った奴には、俺様が冷えたビールを一ガロン奢ってやる！」

「少佐、ドワーフ部門と歩兵部門で分けてくださいよ」

なかなか気の利いたクソッタレがいたもんだ。

「いいだろう。その代わり、全員完走が条件だ。一人でも脱落したら、俺様にビールを一ガロン奢らせるぞ」

ヘルメット内に、野郎共の歓声が満ちた。

「中隊、突撃！」

俺の号令に、鋼鉄のランナーが一斉に走り始めた。

そこから先の四百mは、地獄のようなランニングだった。

カクタス共は、波で押し寄せない代わりに、あちこちから飛びかかってきた。

リディが偽情報を流したことを、この船の艦長である辺境管理官が気づいたのだ。大量のカクタスはあらぬ方向へと誘導されたために、俺たちに追いつくのは時間がかかるだろう。だが、新たに起動されたカクタスは別だった。

何人かが命を落とし、それに倍する兵が負傷した。そして、それに倍する隊員が負傷した者を担ぐはめになった。それでも、隊員たちは声をかけあい、負傷した兵もただのお荷物とならないよう、やれることを必死にやった。ドワーフは死体運搬係と化したが、誰一人として仲間の死体を置いていこうと言う者はいなかった。

全体の速度が落ちたために、ドワーフも歩兵も一緒くたになって通路をひたすら走った。それでも足を緩めるわけにはいかないのだ。足を止めてしまっては、大量のカクタスに追いつかれてしまう。こっちが先にゴールに辿り着いて頭を押さえるか、追いつかれて轢《ひ》き殺されるかのどちらかだ。

ついに、ゴールへと至る通路に出た。この先に船を掌握する辺境管理官がいるのだ。不思議なことに、その通路にはカクタスが一機もいなかった。

ドワーフ二機が先行して、ゴールである辺境管理官の部屋に飛び込んだ。

その直後だった。ドワーフ二機の隊員が叫び声をあげると同時に、通信が切れた。

俺が兵と共に部屋に飛び込んで最初に目に入ったものは、上半身と下半身が泣き別れたドワーフ二機の残骸だった。

その残骸の向こうに、二mを超える巨躯を白銀の甲冑に包み、その身と同じだけの長さをした大剣を構えた人間が立っていた。いや、人間にドワーフを両断することなどできまい。こいつは悪魔の化身だ。

恐れ知らずの宙兵隊員ですら、辺境管理官の威容に息を呑んだ。

隊長の俺まで呑まれてどうする。

「……攻撃開始！　頭には当てるな！」

俺の声に、自分が宙兵隊員であることを思い出した兵たちがライフルを構えた。

その瞬間、辺境管理官が素早く斬り込んできた。

正面にいた隊員は引き金を引く間もなく、両腕を落とされた。声にならない叫びをあげる隊員の後ろに回り込んだ辺境管理官は、さらにこちらへと踏み込んできた。

不味い。こいつはとんでもない化けモンだ。こんな狭い部屋で大口径のライフルをぶっ放せば味方のほうが死ぬ。だが、撃たなければこちらが斬られる。兵たちの動揺がヘッドセット越しに伝わってくる。

そもそもが近代戦の訓練しか受けていない兵にしてみれば、大剣を振り回して高速で移動する人間の相手など想定外だ。黒部研究所の守備隊が苦労した理由も分かる。この宇宙時代にチャンバラを挑んでくる敵など、地球人の常識から外れすぎているのだ。

辺境管理官がトミーに向かって突き進んだ。トミーは一発撃ったが、左右に小刻みに移動する奴には当たらなかった。奴が大剣を振りかぶった。他の隊員もトミーに当たることを恐れて引き金が引けない。

俺は咄嗟にトミーにタックルをかました。

小柄なトミーは横に吹っ飛んだが、代わりに俺が大剣の前に躍り出る格好になった。装甲宇宙服のバイザーに大剣の照り返しが映った。

——死に方としては悪くない。

どこか他人事のように、俺は心の中で思った。

そのときだった。俺の目の前で大剣を振り下ろそうとしていた辺境管理官の頭が、真っ赤な霧になって消えた。

辺境管理官の持っていた大剣が青い輝きを失い、床に転がった。数秒遅れて大剣の上に首のない辺境管理官の体が倒れ込んだ。

「トミー……」

誰かが呟いた。

トミーを見ると、ライフルの銃口から煙が立ち上っている。

そうか、トミーが撃ったのか。さすがの化けモンも、二十ミリを頭に食らっちゃ生きてはいられなかったようだ。

「助かったぜ、トミー……」

しかし、頭を吹き飛ばしたのは不味い。こいつの脳がないとエフィドルグ船は乗っ取れないはずだ。

「え……!?」

リディが今まで聞いたことのないような激しい声をあげた。激しいとはいえ、ピコピコだが。

リディ語を解するトミーが絶句した。

「手短に報告しろ！」

俺の命令に、トミーはしばし口をパクパクさせた後に、ようやく言葉を出した。

「……全員ただちに退艦せよ……です」

「どうしてだ？」

「この船は……自爆するそうです」

そいつは不味いな。

○

由希奈は〈くろべ〉の外殻に取り付こうとしたヘッドレスを四本のブレードで串刺しにして、

宇宙の彼方に放り投げた。黒いヘッドレスは、さらに黒くなって宇宙の闇へと溶けていった。

白い〈くろべ〉の船体を背に、モグラ叩きをしているような気分になった。

衝角突撃をする〈くろべ〉を護れと言われ、ガウス隊と合流して戻ってはきたものの、同じように敵も集まってきた。敵が集まったおかげで、フラヴトの着ぐるみもやってきて、大変なことになった。

エフィドルグにしても、まさか船に船をぶつけるとは思っていなかったのだろう。同じ性能の船なら、どっちも壊れるんじゃないかと思っていたけど、そうはならなかった。〈くろべ〉の艦首が綺麗にエフィドルグ船の脇腹に突き刺さっていた。

刺さってからしばらく経ったけども、宙兵隊の人はうまくやっているのだろうか。

数え切れないほどのヘッドレスをやっつけて、指揮官機も四機は墜とした。訓練通りに指揮官機の速度を殺してAGGCMで撃墜したり、フラヴトの着ぐるみと連携して袋叩きにしたり。

それでも、剣之介のグロングル・ハライは現れなかった。

もしかしたら、船に戻って修理しているのかもしれない。

「ちょっとマズイ状況になりました……」

とマナが不意にしゃべった。

「え、どこか壊れた？」

「私ではなく、宙兵隊です」

「もしかして、辺境管理官をやっつけられなかった、とか？」

「いいえ……やっつけすぎたようです」

やっつけすぎ、って何だろう。

わたしの疑問を察したマナが淡々と語り出した。

「辺境管理官の脳を完全破壊してしまったようです。指揮権が引き継げない状態で辺境管理官の死亡が確認されると、エフィドルグ船はすべての反物質を使って自爆します。今はリディさんが船に残って、自爆シークエンスにエラーを引き起こすという手段で時間を稼いではいますが、すでに自爆命令が出されていますので遠からず自爆します」

「……それって、とんでもなくヤバくない？」

「はい、この上なくヤバイ状況です」

わたしはお尻がムズムズするのを感じた。

エフィドルグ船に積まれている反物質の量は半端ないのだ。

〈くろべ〉が建造される前の話だ。エフィドルグ船を調べるにつれ、様々なことが分かったのだけども、その中で特に目を引いたのが、その燃料だった。

反物質——反物質は通常物質と触れることで対消滅を起こし、消滅した質量と同じだけのエネルギーを放出する。非常に不安定な物質で、空気中に出しただけで勝手に爆発する、とっても危険な物質だ。

そんな反物質が、エフィドルグ船に百キログラムほど残っていることが分かった。

反物質一グラムはTNT火薬換算で約四十三キロトンのエネルギーを放出するので、それが百キログラムということは、全部爆発すると四・三ギガトンのエネルギーを放出することになる。メガではなく、ギガだ。単位がもうおかしい。

人類史上最大の爆弾と言われている水素爆弾ですら、核出力は五十メガトンだった。この爆弾が爆発したとき、爆心地から二千km離れた場所から火球が見え、発生した衝撃波が地球を三周したとかなんとか。そんな爆弾の八十六倍ものエネルギーを秘めた船が地上にある、という事実は世界の首脳陣を戦慄させた。

当然のように、門外不出の情報となった。

その後の調査により、反物質炉は十六区画に分割されて反物質が厳重に隔離されており、個々が完全に独立したクローズドな発電機として機能していることが分かった。反物質がある限り、自身の発電能力で重力制御を行い、反物質がどこにも触れないようになっているのだ。言うなれば、反物質電池だ。

バラしてそれぞれの国に持って帰ろう、と言い出すお気楽な人もいたが、そんなおっかないものを誰が好き好んで解体しようというのか。一歩間違えれば、日本が二つに割れる。物理的に。誘爆して全部爆発したら人類が滅ぶ。そんな危ない橋を渡ろうとする国はさすがになかった。

安定している限り反物質が漏れ出す心配はない、と解析をした科学者たちは口を揃えて断言した。とはいえ、それでもお尻がムズムズしてしまうのは人の性だ。

このまま地上に置いていていいのか、という議論が巻き起こった。

衛星軌道に上げてしまおう。いやいや、落ちてきたら人類が滅ぶ。だったら、月に置いておこう。でも、月で爆発したら月がどこかに行ってしまう。そうなるとやっぱり人類が滅ぶ。いっそのこと、ラグランジュポイントにでも置いておけば……そんな遠すぎる場所に置いて何か意味があるのか。それじゃあ、太陽に捨ててしまおう。そのせいで太陽が元気になりすぎると、やっぱり人類が滅ぶ。

だったら、外宇宙に放り出すしかないじゃないか！

いやいや待て待て、ただ捨てるのはもったいない……。

これが〈くろべ〉建造の一番大きな理由だった、と知る者は少ない。

母は、「エフィドルグ船改装計画」に反対した。当時の母は黒部研究所をクビになってはいたが、重要なオブザーバーとしてまだ黒部研究所に引っ張り出されていたからだ。表向きは「貴重な反物質を捨てるなんてとんでもない！」だったが、その船が完成してしまえば、わたしが乗り込んで宇宙に行ってしまうことが分かっていたからだ。

そんないわくつきのエフィドルグ船の反物質が、人類が恐れていた規模で爆発するのだ。

「宙兵隊のみんなは、船に戻れたの？」

「はい、収容は完了したようです。ガウス隊には帰還命令が出ています。リディさんによれば、もって百十秒だそうです」

マナによれば、反物質炉が自爆シークエンスに入ると、いっぺんに対消滅が起きるように、重力制御で反水素を「整形」してから水素ガスを吹き付けるのだという。だから、エフィドルグの反物質炉は、自爆スイッチポンですぐに爆発しないらしい。

でも、目の前のエフィドルグ船の自爆は、もはや止めようがないのだ。

「ねえ、リディくんは……？　もしかして、自爆するまで船に残るの？」

「はい。管理官室の優先ラインでないと、エラーコードを割り込ませることができません」と
マナは事もなげに答えた。

わたしは絶句した。

「そんな……」

「〈くろべ〉が後進をかけています。マナタに船を押してほしいそうです」

「……うん」

マナタを〈くろべ〉の艦首にまわし、適当な出っ張りを掴んで重力推進機を全開にした。

さっきまで〈くろべ〉の周りにいたエフィドルグのグロングルたちも、船の自爆を察したのだろう。蜘蛛の子を散らすように、いなくなっていた。

「あと、九十秒です。残り十秒の時点で、〈くろべ〉に戻ります」

わたしは無言で頷くことしかできなかった。

◯

戦闘指揮所には緊迫した空気が充満していた。

正面モニターには、真っ赤なお札のような模様が浮き出ている。目の前の船の反物質炉が自爆シークエンスに入った証だ。

宙兵隊の収容は完了したが、肝心の艦が速度を出せないでいる。マナタに押してもらって、なんとか艦首をエフィドルグ船から引き抜けた程度だ。

上泉は己の首筋に冷たい汗が伝うのを感じていた。

「あと七十八秒です……」と副長が硬い声で報告した。

リディが頑張ってくれてはいるようだが、それでもこれが限界か。

後進一杯をかけてはいるものの、重力推進機関の後進は目の前の船も一緒に引き寄せてしまう。なんとかして、エフィドルグ船を引き離したいところだが……。

正面モニターに、ソフィ・ノエルの顔が映った。

どうやら、無事に艦内に収容できたようだ。白羽由希奈はまだ船を押してくれている。

「マスドライバーで、目の前の船を押せないでしょうか」

一瞬だけ考えて、砲術士官に問う。

「理屈は分かるが、やれるか？」

「効果的です。砲弾の運動エネルギーと、マスドライバー発射時に生成する重力場が、共に船を引き離す方向に作用します」と砲術士官が即座に答えた。

「よし、すぐにやってくれ」

「少々勿体《もったい》ない気もしますが、フラヴトに貰ったM型小惑星が使えるかと。どれも直径は三十mを超えていません」とは副長だ。

なるほど。補給物資としてもらった金属型小惑星を打ち出そうというのか。〈くろべ〉は自活できるよう様々な機器が積まれている。小惑星から必要な鉱物資源を取り出して各種資材に加工することができるのだが……確かに少々勿体ない気もする。しかし、ここを凌がねば意味がない。そもそも、〈くろべ〉はマスドライバーの口径ぴったりに作られた砲弾を積んでいない。直径三十mの質量弾など、長旅には重荷にしかならないからだ。

規格を合わせて作られた砲弾はないが、重力式のマスドライバーは何であろうが弾として使える利点がある。金属が豊富な小惑星だ、さぞかし重い砲弾になるだろう。

「機関停止！　マスドライバー発射準備。出力最大で、金属型小惑星を射出！　マナタを射線上から退避させろ」

さて、間に合うか。

「さしずめ投石機ですな」と副長。

苦笑いを浮かべるしかない。

「この宇宙時代に、衝角と投石機か。俺たちは紀元前の地中海で戦っているようだな？」

俺の言葉に副長も苦笑を浮かべた。

命令を出して実行されるまでは、艦長にやれることはない。

きっかり十五秒後に、全六門のマスドライバーから、巨大な石ころが撃ち出された。この距離ではトラクタービームも重力シールドも意味をなさない。猛烈に加速された直径三十m弱の弾丸が六発、目の前のエフィドルグ船にめり込んだ。

エフィドルグ船が破片をまき散らしながら〈くろべ〉から離れていった。相当な衝撃だったのだろう、船体が歪んでいるのが外から見て取れた。中のリディは無事だろうか。

副長が叫んだ。

「あと、三十六秒です！」

「百八十度回頭！　九十度を越えた時点で、加速開始！　マナタに艦首を回すのを手伝ってもらえ」

マナタに回頭を手伝ってもらったとしても、加速しきる前にエフィドルグ船は爆発するだろう。大雑把な予想では、被害域から脱するには時間が足らない。

全艦放送のマイクを手に取る。

「全乗組員は、ＣＩＣ後方のシェルターに退避。シートベルトの着用を忘れるな」

戦闘指揮所と同じく、エフィドルグ船の外殻装甲で囲まれた区画だ。この船で最も安全な場所の一つだ。最悪、そこに籠っていれば、二週間は生きられるだけの設備は用意されている。

しかし――すぐ後方で四ギガトン超の爆発。

重力推進機関の反重力場で、お互いの距離は離れる方向に作用しているとはいえ、あまりに近すぎる。重力シールドを最大出力で張れば、空間を歪めてプラズマ流や有害な放射線をある程度は逸らすことができるが、それも限界がある。轟沈は免れるとは思うが、船尾は壊滅的な被害を受けるだろう。

副長が驚きの声をあげた。

「フラヴトの二番艦が、トラクタービームでエフィドルグ船を引っ張っています！」

正面モニターの一角に、簡易モデル映像が映し出された。

二番艦がトラクタービームで、自爆寸前のエフィドルグ船を引き寄せている。全力で引き寄せている訳ではなく、〈くろべ〉の砲弾と重力推進機関に押し出されたエフィドルグ船を、別のエフィドルグ船にぶつけるようベクトルを調整している。

「そうか、自爆する船と二番艦の間に、もう一隻のエフィドルグ船がくるように調整しているんだな」

「そのようです……」

二番艦の意図を察したのか、健在なエフィドルグ船が慌てて二番艦を拘束していたトラクタービームを解き、制御を失って反物質爆弾と化した船に向けてトラクタービームを照射し始めた。

間に合うまい。〈くろべ〉とて、二番艦のおかげで距離が稼げたとはいえ、損傷を被ることは避けられない。

そのときだった、艦が不意に急加速したような感触を受けた。慣性制御機構が急な負荷に唸りを上げている。

「フラヴト一番艦からのトラクタービームです！」と副長が叫んだ。

「そうか、一番艦が間に合ったんだな」

回頭した〈くろべ〉の前方に、緑色のトラクタービームを放つフラヴト一番艦が見えた。〈くろべ〉を引いてくれているのだ。

正面モニターにゾゾンの顔が映った。

ほんの数時間ぶりだが、懐かしささえ覚えた。

ゾゾンは苦笑いを浮かべながら、

「オサム、人類の戦い方はいつもこうなのか？　君たちを敵に回さなくてよかったと心から思うぞ」

と言って、何度も頷いていた。

「今回だけにしたいと思っている。しかし、今回だけ、が何度も続きそうな気はするがな」

と俺も苦笑を返した。

「爆発まで、あと十秒です！」と副長。

「機関停止！　重力シールドに全出力をまわせ。後方のみに出力最大で展開！」

◯

〈くろべ〉の重力推進機関が停止したタイミングを見計らって、由希奈はマナタを艦内へと滑り込ませていた。

「は〜、大変だったー！」

とわたしが言うと、マナは落ち着いた声を返してくれた。

「お疲れ様でした。フラヴト一番艦のおかげで、〈くろべ〉は被害域を脱しました」

まだまだ油断できない状況ではあるけども、当面の危機は去ったと思える。

「エフィドルグ船が自爆します」

とマナが言って、正面モニターに歪んだエフィドルグ船が映った。と思ったら、船から光が溢れ出て宇宙が明るくなった。

エフィドルグ船の構造物が瞬時に蒸発して、超高温のプラズマが船を引き裂き宇宙へと迸《ほとばし》っ

た。

近くにいたグロングルはプラズマの奔流《ほんりゅう》に飲まれて蒸発した。少し離れた場所にいても、猛烈に加速された破片で切り刻まれた。特に重力シールドの出力が低いヘッドレスは、あっという間に過負荷《オーバーロード》になって、破片を雨あられと浴びてスクラップになり果てた。

至近で僚艦に自爆されたエフィドルグ船は、光の奔流が通り過ぎた後、溶けた船体が三つに割れていた。エフィドルグ船を盾にしたフラヴトの二番艦も、プラズマの直撃を受けなかったものの、流れてきたエフィドルグ船の巨大な残骸にのしかかられて、船の形が変わっている。

エフィドルグで健在なのは、二番艦の逆側にいた一隻のみになっていた。

ほんの数秒後、〈くろべ〉にも無数の破片が降り注いだけど、分厚い重力シールドにことごとく弾き飛ばされていた。

凄まじい爆発と光の奔流に目を奪われていたわたしは、ハッとしてマナに問うた。

「……ねえ、マナ、剣之介は？　剣之介は無事なんだよね？」

数秒後、マナが答えた。

「グロングル・ハライは、ガウス一号機との戦いの後、母艦と思しきエフィドルグ船に戻って修理を行ったようです。その後再出撃しましたが、母艦の直掩に回ったようです。自爆の前後の映像を詳細に調べましたが、被害を受けた形跡はありません」

よかった。剣之介はソフィから受けた損傷を修理するために、船に戻ったおかげで爆発に巻き込まれずにすんだのだ。ソフィ、大手柄だ。

だが、引き換えに、古い仲間を失ってしまった。

「……リディくん、ありがとう」

思い返せば、ゼルさんが家にやって来たときからの付き合いだ。本当は山でカクタスに追いかけられたときに会ってるらしいんだけども、わたしは覚えていない。当時はまだ青いカクタスだったけど、〈くろべ〉に乗り込むにあたって人型のボディに入れ替えたのだ。ハウゼン曰く、「エフィドルグ由来のものは誤解を招かないよう、姿を変えましょう」ということだった。実は〈くろべ〉にはカクタスがいっぱい乗っている。メンテナンス係の黄色いカクタスの改造品だ。リディくんほど変わってはいないけども、少々小柄になって首が短くなり、人っぽい顔をした姿になっている。ちなみに赤いカクタスは〈くろべ〉には乗っていない。消耗が激しかったのだろう、エフィドルグ船にほとんど残っていなかったのだ。各国に連れていかれたり、ばらされたりでその姿は消えてしまった。リディくんの同型機の青いカクタスは、「リディくん複製プロジェクト」のせいで世界各国に旅立ってしまった。

わたしの知っている姿が目の前から消えてしまった。思い出という砂が手からこぼれ落ちて、どんどんと量を減らしている。そんなイメージが湧いた。

ソフィ、茂住さん、ハウゼン……わたしの高校時代から思い出を共有している人はもう三人しかいない。いや、剣之介がいる。剣之介だって、わたしの高校時代の思い出を彩る大事な人だ。一番強烈な思い出だ。異彩を放ってると言ってもいい。

「戦況分析が完了しました」

とマナが不意にしゃべった。

黙り込んでいたのは、エフィドルグ船の自爆による影響を観測していたからだろう。

「フラヴトの二番艦に総員退艦命令が出されたようです。救命ポッドらしき物体が多数射出されています」

マナの言葉に合わせて、二番艦の望遠映像が映った。

大きなエフィドルグ船の残骸にのしかかられて、茶釜のようにずんぐりとしていた船体がアンパングらいになっていた。潰れたアンパンから胡麻のように白い粒が飛び出している。あれが救命ポッドなのだろう。

「エフィドルグ船は二隻が轟沈。残りの一隻も小破しています。ヘッドレスはほぼ全滅と思われます。確認できた指揮官機はグロングル・ハライを入れても三機です。二番艦に搭載されていた着ぐるみの残存機数は八機です」

マナの冷静な報告に、わたしはうすら寒さを感じた。

四十機いたはずの着ぐるみは、わずか八機しか残っていない。三十二人のフラヴトの戦士が宇宙に散ったのだ。二番艦の被害状況を見ると、乗組員がどれだけ生き残れたのか不安になる。

エフィドルグにしても、二百七十機のヘッドレスがデブリになり、指揮官機は十五機が消えて十五人のクローンが死んだのだ。

たった六隻の船が戦っただけで、これだけの人命と物資が宇宙に溶けてしまったのだ。千隻規模の艦隊がぶつかった射手座x1の戦いは、いったいどれほどの戦いだったのだろう。

わたしは、こんな泥沼の消耗戦にいつまで耐えられるだろうか。それでも、剣之介と一緒ならなんとかやっていけそうな気はする。もし、剣之介を失ってしまったら……。

「剣之介のグロングル・ハライは、未だ健在です。現状は、圧倒的にこちらが有利です。大丈夫です。剣之介は必ず取り戻せます」

マナの言葉に涙が出そうになった。この子はいつもわたしを気遣ってくれる。

「うん、そうだよね。まだ終わってないもんね」

でも、どうやって剣之介を捕らえようか。

今の剣之介は辺境矯正官だ。グロングルを行動不能にして無理やり降ろそうとしても、あのヒドゥのように自爆するかもしれない。そんなことになったら、目も当てられない。それに、あのグロングル・ハライを無力化するなんて、相当の被害を覚悟しないといけない。

なんとか剣之介をグロングルから降ろせないだろうか。

そもそも、剣之介がクロムクロから降りてまで戦ったことって、あったっけ……？

——あった。

わたしがエフィドルグに攫《さら》われたときだ。剣之介はムエッタと共にクロムクロに乗って、軌道上のエフィドルグ船まで助けに来てくれた。今思い返しても、頬が緩むし泣きそうになる。

あのときわたしは「この男にならすべてを託してもいいかもしれない」と感じたものだった。

でも、そのことを自覚できたのは、不覚にも剣之介に大変残念なプロポーズをされたときだった。だって、攫われてからのハチャメチャな流れの中で、冷静に自分を見つめなおす機会なんてなかったし。

ていうか、わたしは何を考えていたんだっけ？

「剣之介をグロングルから降ろす方法です」とマナ。

そうそう。ていうか、マナが空気読みすぎでちょっと怖い。ある意味、ダダ漏れのイメージが、うまく機能していると言えなくもない。

それに、まだあった。オーガに乗っていた辺境管理官を追って、船の中に入っていったこともある。必要があると判断すれば、降りるものなのだ。

今の剣之介は辺境矯正官だ。てっきり船を動かしているものだと思っていたけど、立場的には辺境管理官の下っ端だ。

ちょっと閃いた。これならいけるかもしれない。

ああ、でも、リディくんがいないと、この思いつきは実現不可能だ。

どうしよう……。

「リディさんは、死んではいませんが？」とマナが不思議そうな声を出した。

「へ……？　でも、船の自爆に……」

「一個体がロストしただけです。すでに、新しいリディさんが起動してCICに入っています。宙兵隊が有線ケーブルで常に情報を送ってくれたおかげで、リディさんの記憶に差異はありません。強いて言うなら、自爆命令を妨害した記憶がない程度です」

「な、なんだってー！」

ちょっと騙された気がしたけど、リディくんが無事だということが分かって本当によかった。

「リディさんは、剣之介たちとは違う意味で不死性を獲得しています。彼の個性は〈くろべ〉の中枢システムと一体化しています。また、仮に〈くろべ〉が轟沈したとしても、個体が一つでも残っていれば、リディさんという個性が失われることはありません」

つまり、リディくんは、〈くろべ〉が沈んだ上でロボットの体がすべて壊れる、という状態にならない限り、死なないということなのだ。

「……なんかずるい。ていうか、マナは？」

「私は、マナタと一心同体です。ですが、毎日二十四時に〈くろべ〉にバックアップを取っていますので、仮にマナタが失われたとしても、一日遅れの私が蘇ることになります。私を受け入れるグロングルがあれば、の話ですが」

マナはリディくんほどお気軽に乗り換えはできなさそうだった。それでも、リディくんがいるのなら、なんとかなりそうな気がする。

わたしはすぐに戦闘指揮所との回線を開いた。

〇

辺境矯正官・青馬剣之介時貞は、母艦から離れた場所で、味方の船の残骸がフラヴトの船にのしかかる様を見ていた。自身は味方の船が自爆したとき、ちょうど母艦の裏側にいて難を逃れたのだ。

「しかし、未だに信じられぬ。一瞬にして、二隻もの船を失ってしまった……いったい、どこで作戦を誤ったのだ」

そもそもは、この星系を奪還するための準備作戦だった。困難な任務ではなかったはずなのだ。

鉱物資源が豊富な居住可能惑星と、巨大な気体惑星の両方を持つ星系はそう多くない。さらに、第二惑星には豊富な人的資源があり、反逆者共の主要生産拠点ともなっている。戦略的に非常に重要な星系なのだ。

それ故に、長い時間をかけ、準備を進めてきたのだ。

隊長は俺の進言をよく聞き入れてくれる理性的な指揮官だ。特別に目をかけてくれているとも思える。そして、俺の進言通り襲撃はうまくいっていた。常にフラヴトの裏をかけていたのだ。

　そしてついに、待ちに待った奪還作戦の本格始動の狼煙が上がった。三隻で一気に強襲をかけ、フラヴトの奴らを叩きのめし、作戦は成功裏に終わるはずだったのだ。

　ところがだ、初めて見る船が現れた。

　船の能力はほぼ同じと推定された。これは、敵が三隻になったということを意味する。作戦の修正が必要だった。

　そして、修正した作戦はまんまとはまり、敵は待ち伏せをしたつもりで、戦力を分散するという愚を犯した。俺はそれを読み切り、各個撃破に持ち込んだのだ。

　俺は勝利を確信していた。だが、目の前の光景はどうだ。

　——あの白く輝く船のせいだ。

　あろうことか、あの白き船は我がエフィドルグの船に体当たりをしたのだ。徒《ただ》では済むまいと思っていたが、艦首はほぼ無傷であった。エフィドルグですら持っていない兵装を持っておったのだ。そして、一隻を乗っ取り、船の自爆命令を利用してもう一隻を破壊するという驚嘆すべき作戦を瞬時に考え出し、実行したのだ。しかも、船の自爆時間を調整したということは、その命を投げ出して船に留まった者がいるということだ。フラヴトとは違う意味で恐ろしい奴らだ。

　白き船が放ったグロングルは、不格好なフラヴトのものとは対極をなす、細身で優雅な機体であった。驚くほど機動性が高いのは、相当に軽量な機体だからであろう。己の命を守る装甲すら捨て去って、速さを求めたのだ。清々《すがすが》しいまでに纏い手の命を軽視した設計思想だ。その上で、飛び道具の一切が通じぬはずのグロングルを一撃で墜とす矢と、砲弾が飛び出す薙刀という強力な武装を持った難敵だ。

そして、あの指揮官機。

見事な戦いを演じたグロングルは、マナタという名であったか。

機体目録に載っていたということは、我がエフィドルグから奪った機体なのだ。目録によれば、かなりの旧式だ。しかし、戦闘力は最新世代のグロングルとなんら遜色はなかった。いや、あれは纏い手の力量であろう。常に相手の裏をかこうとする戦いは、久しく忘れていたものだった。故に、当初は手玉に取られるという屈辱を味わわされた。腰の短刀を抜かせた相手は、あ奴が初めてだ。

強敵である、と思う一方で、あれだけ素晴らしいものを持っておきながら、エフィドルグの安寧を拒んだという事実が許し難い。銀河はエフィドルグの名の下に、一枚岩にならなければならないのだ。そうでなくては、お互いが殺し合い、双方が滅びの道を歩んでしまう。それが何故分からぬのか、誠に腹立たしい。

だからこそ、お前たちは蛮族と呼ばれ蔑《さげす》まれるのだ。

だが、その蛮族との戦いで、エフィドルグは多くの船を失ってしまった。強大なエフィドルグといえども、その回復には多大なる時間がかかる。

裏を返せば、若手の俺にとってみれば出世の機会といえる。ここで手柄を立てれば、辺境管理官への出世に道がつく。いずれは俺も一国一城の主となれるのだ。

——だが、今のこの劣勢をどう覆す？

隊長からの命令はまだないが、敵の出方が気になる。圧倒的有利となった敵がどのような手を打ってくるか。こちらは船が一隻に、指揮官機が三機。降馬《ごうま》は母艦の予備機が七機。戦力的には、いかんともし難い。正面から戦ったのでは蹴散らされるのが関の山だ。むしろ、敵の船に斬り込み、正攻法での戦いをさせないよう仕向けるべきだ。

隊長へと進言すべく船との回線を開いたときだった。隊長からの命令が届いた。

「蛮族の突撃隊が船内に侵入した。直ちに排除せよ！」

——抜かった。

目の前の光景に心を奪われすぎてしまった。敵は次の行動をすでに起こしていたのだ。

俺はすぐさま機体の進路を母艦へと向け、重力推進機を全開にした。

しかし、船に察知されることなく、どうやって蛮族は乗り込んだのだ。重力波は一切関知されなかったはずだ。

答えはすぐに閃いた。

——残骸に紛れて、慣性航法だ。

大量の残骸が浮遊している状況だ。残骸を盾にしてゆっくりと近づけば、船の自動頭脳は「脅威なし」と見做して、放置してしまうだろう。味方の船が一隻もいないというのも不利に働いた。己がさんざん使った手だ。相手が使わないわけはないのだ。

悔しさのあまり、拳を操縦台に叩き付けた。

「……おのれえ」

すでに母艦の間近では戦闘が始まっていた。予備機の降馬と辺境矯正官二人が敵のグロングルと戦っている。

母艦のグロングル発着場の一つが大きく口を開けていた。扉は敵のグロングルに切断されたのであろう、広く切り裂かれていた。あそこから蛮族の突撃部隊が入ったのだ。

船内には傀儡《くぐつ》が大量にいる。すぐには制圧されることはないであろうが、フラヴトは白兵戦となれば驚異的な強さを見せる。船を拿捕されてしまっては、覆しようのない敗北となってしまう。それだけは避けなければならぬ。

ここはさらに速度を乗せ、一気に船内に突入し、グロングルをもって突撃隊を蹴散らすべきだ。

すぐさま機体の向きを調整し、重力推進機を全開のまま機体をグロングル発着場の開口部へと向ける。

母艦へと突き進むグロングル・ハライの目の前にマナタが現れた。

「……やはり俺の邪魔をするのは貴様か。だが、今は貴様の相手をするときではない！　退《ど》けい！」

長刀を真正面に構え、放たれた矢のように一直線に突き進む。

マナタはハライの突進を避け、すれ違いざま頭の刃を振るったが、大きく避け過ぎたからか、装甲表面を軽く削ったにすぎなかった。

すれ違ったマナタをちらりと振り返ると、マナタは追撃してこなかった。

これだけ速度差があれば、追ってきたところで追いつけるものではない。だが、何か引っかかる。あの手練れがあっさりと引き下がるとは思えない。何か策でも弄しておるのか、それとも……。

頭を横に振る。

「今は彼奴《きゃつ》のことより、船だ……」

作戦は半ばうまくいっているのだ。ここで我々が敗北しようともエフィドルグの勝利は疑いない。だが、エフィドルグの安寧のため、家名のため、俺は戦わねばならぬ。

「俺は約束をしたのだ！」

マナタを振り切ったハライは、大きく切り開かれたグロングル発着場へと飛び込んだ。

発着場の内部は、降馬の残骸で満ちていた。通路の脇には、大きな魚のような突撃艇が横付けされていた。

あの小舟から突撃部隊を降ろしたのだ。だが、初めて見る舟の形だ。あの白き船から出てきた突撃艇なのであろう。ということは、白き船の武士《もののふ》が乗り込んできたのだ。

広い通路は見渡す限り、傀儡の残骸で満ちていた。

敵は、かなり前進してしまっている。

「……これほど早く侵入されるとは」

大失態だ。敵はこちらの船の構造を熟知している。辺境管理官の部屋まで一気に進んでしまうだろう。

ハライを通路へと向け、傀儡の残骸を踏みしめながらひたすら前進する。

エフィドルグ船の通路は高く広い。グロングルに乗ったまま、船のかなり奥深くまで行くことができるのだ。

だが、行けども行けども、通路には傀儡の残骸が敷き詰められていた。

これだけの短時間で、これほどの傀儡を破壊して進んだというのか。しかも、敵の死体が一つもない。敵ながら見事であるが、油断のならない相手だ。

「相手にとって、不足なし！」

正面画面に隊長の姿が映った。

何故か隊長はその素顔を見せることはなかった。指揮官としては何ら問題はなく、話の分かる上官であるだけに、不思議でならなかった。顔に大きな傷でもあるのであろうか。

「蛮族共を秘密区画に誘導した。傀儡と共に、一網打尽にせよ」

隊長からの指示は簡単なものだったが、指示された区画は行ったことのない場所であった。秘密区画と言うぐらいであるから、管理官しか入ることが許されない場所なのであろう。しかし、その区画はグロングルで入ることができない。通路が狭すぎるのだ。とはいえ、傀儡の援護があるのなら話は別だ。袋小路に誘導された蛮族共はそこで命脈を絶たれるのだ。

ハライを跪《ひざまず》かせ、刀を手に操縦席から飛び出す。

指示された区画はすぐ先だ。

飛び込んだ通路は、初めて見る場所だった。

「ここは壁であったはずだが……」

不思議なことに、傀儡の残骸は一つもない。

傀儡共はすでに秘密区画とやらに入って戦っているのであろうか。傀儡ごときに先を越されたというのは癪《しゃく》だが、他の矯正官よりも先んじて馳せ参じたのだ。これで蛮族を一網打尽にすれば、手柄は俺一人のものとなる。

部屋に飛び込んで最初に目に入ったものは、体中から血を流し地に伏せた隊長の姿だった。

予想とあまりにかけ離れた光景に、しばし呆然としてしまった。

「……な、これは⁉　隊長⁉」

隊長の骸のすぐ後ろに、見慣れぬ姿をした者が立っていた。その者から隊長の頭に、細い線が繋がっている。人の形をしてはいるが、青い傀儡に似ている……隊長の情報端末なのか。

不意に背中に衝撃を感じた。

「……おのれ、背後から斬りかかるとは、武士の風上にも置けぬ奴め！」

振り向きざまに刀を振るおうとして、刀を取り落とした。

「⁉　……か、体が動かぬ」

何かが背中に刺さってぶら下がっている。

背中に手を回して引き抜いた。端に赤い風船がついた太い針だった。

「何だ……これは……？」

手から力が失われ、赤い風船が床に落ちた。

○

エフィドルグ船の間近で、最後まで抵抗していた指揮官機を倒した直後だった。

「作戦成功だ、嬢ちゃん。辺境管理官の部屋だが、分かるか？」

マーキスさんからの連絡だ。

「良かったですね、由希奈。私たちの勝利です。あなたにとって、最も良い形での勝利です」

とマナ。

わたしはしばらく声を出せなかった。

「……剣之介」

そう呟くのがやっとだった。

涙が溢れて止まらなかった。

剣之介、剣之介にやっと会える。

長かったよ剣之介……でも、あなたはもっと長い間戦ってたんだよね。

これからは、わたしの戦いだ。どんなことがあっても、どれだけの時間がかかっても、わたしはあなたを取り戻すから。


エフィドルグ船の通路はカクタスの残骸でいっぱいだった。ハライに踏まれて薄く引き伸ばされた残骸は、マナタに踏まれてさらに薄くなった。

エフィドルグに攫われたときに走った通路とまったく同じだ。

しばらく進むと通路の真ん中にハライが跪いていた。「ここでグロングルを降りろ」と言わんばかりだった。

マナタをハライの横で跪かせてコクピットから降りた。

振り向いて二機のグロングルを見上げてみた。

なんだか夫婦みたいだった。

エフィドルグ船の通路を歩いていると、辺境矯正官に追いかけられて逃げ回ったことを思い出す。

たしか、ここに辺境矯正官には見えない細い通路があったはず――あった。

隣の部屋は見ない。見たくない機械があるから。

辺境管理官の部屋に入ると、中央に立っている真新しいボディのリディくんが目に入った。ピポピポ言っている。その足元には、太い通信ケーブルで蓑虫《みのむし》にされた辺境管理官が、むうむう言いながら転がっていた。死ぬに死ねないって、なんだか大変だと思った。

少し離れた壁際に、フェイスアーマーを開け放ち、わたしに笑みを向けてくれる宙兵隊員たちがいる。黒い肌に真っ白の頭髪は隊長のマーキスさんだ。白い歯が眩しい。隣にいるのは、宙兵隊員のくせに小柄でソバカス青年のトムじゃなくて……トミーだったか。

そんな宙兵隊員たちに囲まれて、辺境管理官と同様に太いケーブルでぐるぐる巻きにされた剣之介が床の上に座らされていた。

ああ、剣之介だ。やっぱり剣之介だ。

その表情は憤怒に赤く染まりながらも、油断なく辺りを見渡していた。

自害する気などさらさらないのだろう。むしろ安心できた。

わたしが目の前に立つと、剣之介はわたしを見上げて目をむいた。

「由希奈……？　由希奈なのか⁉」

剣之介がわたしの名前を呼んだ。

「え⁉」

まって、剣之介……あなたは、調整されているんじゃないの？

混乱して、口が言葉を出す機能を喪失したみたいだった。

「どうして、そなたが此処《ここ》におるのだ！」

剣之介は驚きつつも、激怒していた。

わたしは驚いて、ただ口を開けて剣之介を見つめるしかできなかった。


――つづく！

挿絵　：〈第１話〉石井 百合子
〈第２話〉～〈第４話〉（原画）大東 百合恵／（作監）石井 百合子

クロムクロ 秒速29万kmの亡霊 上巻

2021年9月19日　初版第一刷発行

原案　：Snow Grouse
著　：檜垣 亮
発行所　：一般社団法人地域発新力研究支援センター（PARUS）
〒939-1835 富山県南砺市立野原東1514-18
南砺市クリエイタープラザ B-1
TEL 0763-77-3789
FAX 0763-62-3107
mail info@parus.jp
URL https://parubooks.jp/

parubooks

発行人　：佐古田 宗幸
装丁　：dots
DTP　：竹中 泳実（parubooks）
印刷・製本　：モリモト印刷株式会社

ISBN 978-4-909824-02-8 C0093